NF文庫
ノンフィクション

生存者の沈黙

悲劇の緑十字船阿波丸の遭難

有馬頼義

潮書房光人新社

生存者の沈黙

一

夕暮れになると、海峡の潮の流れは、黒く見えはじめた。それが、狭い海峡の両側にせまった山のためなのか、海峡の深さのためなのか、高須にはわかっていない。

昭和二十年四月三日、かつての門司港は、無残に荒れ果て、そこは、ただの岩壁を、波が洗っているにすぎない。下関の燈の色が、距離のない遠さに、またたいているだけであった。

高須が、その日の、その時間に、岩壁をうろついていたことには、何の理由もない。船はたぶん、正確に、明日、入港するにちがいなかった。宿で、ぼんやり待っている気がしないので、その辺を歩いていただけのことであった。夕陽の残っている間に、岬へ行ってみた。片側町の漁師村をぬけると、小さな神社があった。神社は、海峡に向かって建てられ、鳥居と石段は、海に向かって消えていた。その神社に詣るためには、横手から小高い丘をすべって、神殿の横へ出るか、小舟をあやつって、海から、鳥居をくぐるよりほかに、道はないようであった。

高須は、そこで、しばらく潮の匂いをかぎ、ゆっくりと、岩壁へ引きかえした。高須の目にとまった人影があった。女であった。直感で、土地の人ではないことがわかった。

「失礼ですが」と、高須は、近づいていった。ふりむいた女の若い顔が、夕闇の中で、白く見えた。

「阿波丸を、お待ちなのですね？」

「はい」

「新聞記者です」と高須は、名刺を出した。

女の気持がそこにない証拠に、女は、名刺を、黙って、見もしないで、しまった。

「高須といいます」

「守屋敦子と申します」

高須の頭の中で、阿波丸で帰ってくる人たちの名前が、通りすぎた。

「守屋さんというと、若い外交官の方ですね」

「はい。大東亜省から、派遣されました」

「御無事で、何よりでした」

「まだ」と、女はそのとき言った。

「無事かどうか、わかりませんわ」

「しかし、台湾海峡へはいる直前の無電では、異常がありません」

「知っております。でも、それは、四月一日ですわ」

「いまごろはもう、安全海域です」

「そうでしょうか？」

「あなたは、まだ危険があると、考えていらっしゃるんですか？」

「戦争になってから、人間には、断言をする権利も勇気もなくなりました」

「失礼ですが、お一人ですか？」

「………」

「つまり、お子さんも御一緒かという意味でうかがったのです」

「子供は、ございません。結婚して、一年しかたっておりません」

「守屋さんは、たしか、大学在学中に、外交官試験を通った秀才です」

「あたしより、いろんなことを、よくご存知のようですわ」

「商売ですから」

「船が着いたら、何をお書きになりますの？」

「もっとも感激的なことを」と、高須は答えた。

「あたしたちには、その資格がありませんわ」

「困ったことには」と、高須はいった。

「帰りの便で、この船に乗った日本人の名簿が、ないんです。たぶん、大部分が、民間人だと思いますが、だれとだれをのせるか、ということは、現地の大使館や軍の選択ですから。それもかなり混乱したようです。どういう人たちが、——つまり、どんなドラマティックな要素を持っている人が乗っているか、見当がつかないんです」

「新聞は、いまどき、ドラマを求めていますの？」

「多分ね。戦意昂揚のドラマを」

「主人は、悪いときに生まれたと思うんです。あのひと、こういう時節に、人を蹴落として偉くなるタイプではありませんわ」

「失礼ですが、恋愛結婚なのでしょう？」と、高須はきいてみた。

外交官といえば秀才だし、それは多くの場合、貧乏人の中からは出ていない。いい家に生まれて、頭がよくて、成績がよくて、外交官になり、将来を嘱望されている人たちを、高須は少しも知りはしない。そして多分、こんな服装はしていても、この守屋敦子という女も相当の家の娘で、その親は、いわゆる日本の上流階級の人なのだ。

「あたしのいた学校は、男女共学でしたの」

「ははあ」

「でも、守屋は、上級生ではありませんわ。関東学生テニス選手権のとき、上級生を応援にいって、その相手になった守屋を、見たんです」

「敵を愛したのですね」

かすかに、守屋敦子の頬に微笑が浮かんだようであった。

「守屋は決勝で負けましたの。そのとき、まっかな顔をして、――あとできましたら、風邪で、三十八度の熱があったんです。でも、あたしが惹かれたのは、熱のせいじゃないんです。守屋のテニスが、徹底的に守勢のテニスなんです。どこへ打ち込まれても、確実に返す。一度だってネットへは出て行かないんですの。その徹底ぶりに……」

「つまり、性格だったのですね」

「おとなしい、内向的なひとですわ。でも、石のように、がまん強いんです。その、おとなしい守屋が、結婚して、わずか一年あまりで、あたしの性格をかえてしまったようですわ」

「あなたは、新聞記者に少し、しゃべりすぎるようだ」

「ええ。守屋だったら、何も言いはしません。かりに軍隊へいって殴られても、黙って殴られていたでしょうし――そして、もし、阿波丸が、アメリカの攻撃をうけたとしても、自分から、海へ飛び込もうとしないに違いありません。どんなに、こわい目にあっても、帰って来たよ、――それだけなんです」

「守屋さん」と、高須はいった。

「あなたのお話をきいていると、――これはもちろん、新聞記者としてでなく、個人としてなんですが、阿波丸が遭難したような感じをうけますよ」

「興奮しているんですわ、きっと」

「寒くはありませんか?」

「いいえ」

「宿へもどったほうがいい。阿波丸が入港するのは、明日です」

「ええ。帰ります」と、守屋敦子は、町の方へもどりかけて、また脚をとめた。

「高須さん」

「何ですか？」

「どこの新聞社の人も、みな来ていらっしゃるんですか？」

「いや、二、三人でしょう。結局、僕たちは、見たものを書けない。大本営、外務省、大東亜省の発表を、記事にするだけです。しかし、その場合でも、実際に見ているのと、見ていないのとでは、違いますからね」

「阿波丸のことについて、何か、ご存知でしょうか？」

「何か、とは？」

「何か、です。たとえば、アメリカ側が、阿波丸を、どう扱おうとしているか、ということです」

「安導券を持った交換船阿波丸。ほかに、何が必要ですか？」

「阿波丸が、最初、横浜を出るときに、いちど主人と別れたんです。ところが、呉に入港して、門司を出港するまでに日があるというので、ここへ参りました。そのとき、主人は、ぶじに帰れるかどうかわからない、と言うんですの」

「どういう意味ですか？」

「呉で、主人は、何かを見たんだと思います。主人からは、それっきり、手紙もなにも、受けとっていませんけれど、役所の、ある人の話では、よくない想像があったんです」

「よくない想像とは？」

「いまに、おわかりになりますわ」

「気になりますね」

「阿波丸が、門司に入港して、非戦闘員を上陸させたら、アメリカの潜水艦が、たぶん、阿波丸を撃沈するだろう、という話です」

「何ですって？　何のために？」

「あたし、しゃべりすぎたようですね。どうぞ、このことは、お聞きにならなかったことにして下さい」

「念のために、東京の御住所を教えて下さいませんか」

「麻布です。市兵衛町。守屋とおききになれば、すぐにわかりますわ。守屋の家は、もう四代にわたって、同じところに住んでいるんです」

「空襲は？」

「いちど焼けましたの。でも、一部分のこったので、そこに住んでいます」

「気にしない方がいいでしょう。御主人は、軍人ではない」

「信じたいと思いますけれども……」

「明日、港で、お目にかかります」

高須は、歩き去ってゆく守屋敦子の後ろ姿を、しばらく見送っていたが、敦子の言葉を、そのまま信用する気にはなれなかった。

敦子の姿は、すぐに闇に消えた。

二

〔阿波丸を撃沈す。米潜艦、安導券を無視〕

阿波丸（一万一千余トン）はわが権力下にある敵国俘虜及び抑留者に対し、米国から送付した救恤品を南方諸地域に輸送する任務を帯びて航海中、四月一日夜半、台湾海峡で米国の潜水艦に撃沈された。帝国政府は数次にわたる米国政府の熱心なる申入に応じたが、権力下にある米国人及びその与国人に救恤品を送付することになったのは、敵国俘虜及び抑留者に対し、公正なる待遇を与へ来った伝統的人道的見地に基くもので、

一、救恤品を輸送する本邦艦船を往復とも絶対に攻撃せぬのみならず、停船、臨検その他何等の妨害もせぬことを明記した安導券をわが方に交付すること。

二、救恤品の輸送、積込み、積下し、倉敷料その他一切の費用を敵国側で負担すること。

の二点を条件とせるものであった。かくて第一回の試みとして米国政府は、ソ連船によりソ連領に二千余トンの救恤品を送り、わが政府は昨年十一月これを引取り、内地、満州、朝鮮にある敵国人に分配するとともに、本年一月、星丸（三千トン）によって在支敵国俘虜及び抑留者に救恤品を輸送、さらに南方諸地域に輸送するため、現に同方面に運航してゐた阿波丸の船腹の一部を利用して、敵側の安導券の下に航行する措置を講じた。この場合、わが方がその船腹を利用して他の如何なる積載物や人を運んでもよいといふことは、

米国政府もよく承知してゐた点である。阿波丸は二月十七日、門司を出帆し、南方諸地域を航行、米国政府より託された救恤品の分配を終へて三月二十八日、昭南（シンガポール）を出発、帰国の途に就き絶えず連絡をとりつつ航行しつつあった。しかるに四月一日夜以来、全く連絡が杜絶し、百方捜査に努めたが消息がなく、遂に政府は米国政府に対し阿波丸に関する消息の通報を要求した。

米国政府は十二日に至り、潜水艦が四月一日夜半、阿波丸を撃沈した旨を公表し、ここに阿波丸は我方と最後の連絡をとった直後撃沈されたことが判明したのである。右米国政府の公表は、

一、四月一日夜半、連合国の潜水艦が日本船を撃沈したが、生存者の一人の陳述によりこれが阿波丸なることが判明した。

一、右の船はその時間における阿波丸の予定航路より四十浬の距離の地点にあった。

一、燈火照明等は不明瞭であった。

一、殆んど瞬時にして沈没した。

と数点にわたって、阿波丸撃沈の事実を認めてゐる。しかし、阿波丸は予め通告した航路に従ひ、完全な標識及び照明をしてをり、かつ最後の連絡電による同船の位置は、正確に予定地点にあったことは明らかであり、計画的行為とも見得るべく、どの点から考へても、明白なる背信行為である。しかも、撃破の事実は少くとも翌二日には明らかとなった筈であり、井口情報局第三部長が、その後の外人記者会見において阿波丸の消息に関し、帝国

政府の深い憂慮の程を語り、世界各国の世論を喚起した事実にも拘らず、漸くわが方の要求によって十二日に至って右の如き公表をするやうな態度も、甚だ誠意を欠くものと云わねばならない。

政府は右の米国側の公表に接するや、十二日とりあへず瑞西（スイス）国政府を通じ、米国政府に阿波丸撃沈の状況及び生存者に関する情報通報ならびに生存者の至急帰国を要請したが、さらに厳重なる抗議をし、かつ、この背信行為に応へるに必要な一切の権利を留保しつつ、所要の措置を講ずるべく準備を進めてゐる。

〔安導券〕交戦国が国籍の如何を問はず、個人若しくは船舶、または中立国若しくは敵国に属する部隊が予め予定される一定の場所に赴くことを許可する文書である。例へば談判を行ふために攻囲されたる都市より出て談判の後、更にこれに入ることを敵の全権委員に許す場合等に用ひられる。安導券が物件に与へられる場合は、安導券を附せられたる物件は一定の地点より一定の地点に向って、これを与へたる交戦国の軍憲に依り妨害を受くることなく輸送を行ひ得るのである。但し物件に対して与へられたる安導券は、許可の条件中明言なきときはこれを輸送する人が変ずるも効力を失はぬのである。（昭和二十年四月十八日、東京朝日新聞、傍点作者）

〔帝国、米に正式抗議。阿波丸事件、竹内次官ら遭難〕

政府は四月一日夜半、米国の俘虜及び抑留者に対する救恤品送付を目的とする阿波丸が撃沈された事件に関し、その後、瑞西（スイス）国を通じ同国の生存者名簿ならびに沈没当時の情況につき、米国側に照会中なるも、米国より約一箇月に亙るも何ら通報なきため、去る二十六日、同事件に関する対米抗議文を瑞西国を通じて正式に米国に提出した。同船には千数百名の邦人が乗り合はせてをり、その中、竹内大東亜次官、山田外務省調査局長、東光大東亜省南方事務局政務課長、守屋大東亜秘書官も同船と運命を共にし、救恤品事務のため乗船せる鈴木領事、花見通訳官、山名属、杉田属、船越理事官、原副領事、新井書記生、若井属の殉職も確実とみられる。

対米抗議文要旨左の通り。

一、米国政府は帝国の権力下にある米国及びその与国の俘虜抑留者に対し、救恤品を送付することを熱望し、数次にわたって申入れがあり、帝国政府は伝統的人道の見地より同申入れを受諾し、米国より極東ソ連領に輸送せられた二千余トンの救恤品を昨年十一月引取り、これを内地、満支及び南方諸地域に輸送することとせり。

一、帝国政府は米国政府に対し、日米両国間に到達したる合意に基き、日本及び南方諸地域間に運行し居る船舶を利用することとし、救恤品を阿波丸に積載輸送するについて、同船の往復の往路に於て米国及びその連合国により如何なる攻撃、臨検または障碍をもうくることなく航行し得るの保障の再確認方を米国に要求したところ、二月十三日右安全保障を確認せり。かくて阿波丸は二月十七日、門司を出帆、南方諸地域において救恤品を荷卸しの後、帰国の途につき、四月一日夜以後、消息を断つに至れり。
一、要するに米国政府は、帝国政府が敵国俘虜抑留者に対し公正なる待遇を与へをるの事実を枉げ、殊更にこれを誹謗中傷する宣伝を行ひ来れるところ、帝国政府は右にもかかはらず、毅然としてこれが人道取扱ひに全力を傾け来り、しかして今回の阿波丸事件の如きは、戦争の歴史においても曽てその例を見ざる暴挙にして、かくの如きは米国政府において帝国の勢力下に在る俘虜抑留者の待遇に関する従来の要望を自ら抛擲するものとも認めらる。（昭和二十年五月三日、東京朝日新聞）

〔阿波丸生存者、下川氏ただ一人〕
阿波丸の乗客および船員中の生存者の氏名に関しては、その後、米国政府に対し数次回答を督促し来たったが、スイス政府を通じ、十一日、外務省に到達した米国政府の通報によると、米国側の手にある唯一の生存者は給仕下川勘次氏（四四）のみと判明した。なほ同人の健康状態はすこぶる良好である。（昭和二十年五月十三日、東京朝日新聞）

〔米国へ賠償を要求。阿波丸事件、帝国更に抗議〕
阿波丸事件について帝国政府は、四月二十六日附をもって米国政府の背信行為に対し厳重抗議したが、さらに五月十五日、わが利益代表国たるスイス政府を通じ、米国政府に左記の事項の受諾および速かなる実行を要求した。

一、米国政府の陳謝。
二、責任者の処罰およびその通報。
三、乗船者ならびに船舶および載貨の損害に対する賠償。
（昭和二十年五月二十四日、東京朝日新聞）

三

新聞記者高須昌宏が、守屋敦子をたずねて行ったのは、二十年の七月末であった。アメリカ空軍の空襲によって、その大部分を焼失した東京は、たとえば、麻布市衛町、というふうな所番地をたよりに人を探すことは、かなり困難であった。六本木までは行けたが、家並がすっかり焼け果てているので、建物に見覚えはなく、横町の目印もない。昔、まっすぐと思っていた道が、電柱だけになった焼跡を通してみると、曲がりくねっていたりした。

それでも、一時間ほどして、高須は、半焼けになった守屋敦子の家を発見した。奇妙なことに、敦子の家は、道路のつきあたりに、玄関を持っていた。汗が背中を流れていた。

「高須です」と、彼はいったが、敦子は、いっとき思い出せないようであった。

「門司の港で、お逢いした新聞記者です」

「ああ」と、敦子は右手で、ブラウスの襟を押さえた。ブラウスは清潔であり、その襟を押さえた敦子の指は、さらに清潔であった。高須は、何十日も洗ったことのない垢じみた、焼けている木を素手でつかんだ手を見すぎていたのだろうか。

「お邪魔でなかったら」

「どうぞ」と、敦子は玄関をあけた。

はいりながら、高須は、

「変ですね。道のつきあたりに、家があるのですか?」

「この道は、焼ける前は、うちの庭だったんです」と、敦子は説明した。「塀をこわしてしまったので、こんな恰好になったんですわ」

最初に、どういう家が建っていたか知らないが、焼跡にはすでに夏草が生い茂り、三間の住居は、風通しがよかった。しかし、その風の匂いには、戦争の匂いがあった。

「新聞を読んでいますか?」と、高須はきいた。

「はい」

「あれから、きわめて簡単な記事が、四回、出ただけです。紙面は、狂気ですからね。僕が今日きたのは、——これは、僕の思い違いだったら、許して下さい。あなたが、阿波丸事件に、かなり強い関心を持っていらっしゃると考えたからです」

「持っているといえばいえますわ。でも、忘れてしまったと言われても、そうかも知れないと思います」

「御主人のご位牌は?」

「死んだと思えませんから……」

「そうですか。順序を追って話しましょう。事件の起こったのは四月一日夜半。日本政府がスイス政府を通じて、アメリカに照会を行なったのは四月十日です。これは、抗議というほどの内容ではありません。四月十二日のワシントン発ロイターで、アメリカ海軍が、国内向けとして、はじめてこの問題に触れています。内容は、四月一日に、潜水艦が阿波丸らしい船を撃沈したこと。その潜水艦は、アメリカの潜水艦らしいということ。生存者が、一名だけ救助されたことによって、その船が阿波丸だとわかったこと。それだけです。

日本政府が、最初の新聞記事を公表したのは十八日です。それに対してアメリカは、四月一日深更、阿波丸の予定の航海位置から約四十カイリ離れたところで、潜水艦により撃沈された船があって、一名の生存者は同船が阿波丸であったことを語ったが、もしそれが間違いないとすれば、この事件の発生を深く遺憾とする。本事件の調査は目下進行中である、というのが、その公式の返答です。

それから、五月十五日の、日本の抗議にたいして、アメリカは、五月二十九日付の文書で、こういっています。本事件の調査はなお続行中であり、基本的な責任の所在が決定しない前に、責任がアメリカ政府にあるという日本政府の非難は承服できない。官吏を含む多数の日本人が危険地域を脱する方法として、阿波丸を利用したことの当否について多少の問題はあるけれども、多数の人命を喪失したことについては遺憾の意を表するとともに、遺族に対して同情の意を表明する」

「アメリカは、自分の国の潜水艦が、阿波丸を攻撃したという事実は、認めているんですの？」

「どっちとも、とれますね。僕は、今日、あなたを訪ねようとした自分の気持を、考えてみたんです。僕は、新聞記者としての職業意識からではない」

「あたしへの同情でしたら、千何百人の人の遺族がいらっしゃるはずですわ」

「そう言われるだろうと思っていたんです。で、はっきり言いましょう。第一の理由は、あなたが亡くなった守屋さんを愛していたことが一つ。もう一つは、門司で見た出迎えの人の中で、あなたは、いちばん若くて、美人だったということです」

「高須さん」

「待って下さい。おかしく聞こえたでしょう。冗談ととって下さってもかまいません。しかし、事実は事実だ。そして、いつか、もう一つの、最大の理由を、僕はあなたに言う機会があると思う。いま、言えないのです。つまり、ある意味で、遺家族であるあなたの立場というものが、僕には必要なのです」

「若くて、美人だと、おっしゃるの？」

「冗談ととって下さってもいいと、言いました。しかし、問題は、冗談どころか、ひどく深刻なことだ」

「もちろんそうですわ」

「守屋さん、あなたが、深刻だと考えているとしても、それは、僕の考えている意味とは、少し違う。七月五日付で、アメリカは、こういう文書を、政府に渡しています」

高須は、紙に書いた文章を、ポケットから出して、敦子の前に置いた。

一、阿波丸が安導券に関する取りきめの条件に従っていたと認めるので、アメリカ政府は同船を撃沈した責任を認める。

二、同船を撃沈した潜水艦長に対しては懲戒処分を手続中である。

三、賠償問題はその複雑性にかんがみて、戦争継続中は満足な解決ができないから、戦争が終結するまで、これを延期することを提議する。

四、その際、アメリカ政府はその時の政治情勢の如何に関係なく、賠償問題を審議する用意がある。

「これを見ると」と敦子はいった。「アメリカ側の態度が、ずい分かわって来ていますわ」

「その通りです。しかし、なぜかわったか、わからない」

「そのことが、深刻な問題だとおっしゃいますの?」

「少し違う。ねえ守屋さん」

「もう、敦子とお呼びになってもいいわ」

「日本のいっていることも、アメリカのいっていることも、もっともらしく見えるけれども、これは、戦争し合っているお互い同士の発言です。僕は、この問題について、むしろ日本の外務省が、どう考え、それを国内的にどう処理するかが、問題だと思う」

「何か、動きがありまして?」

「アメリカ側の回答の中に、戦争が終わったら、向こうが賠償に応ずるといっています。外務省は、それが当然だと思っているでしょう」

「この、生存者の下川という人は、どこへ連れて行かれたのでしょう？」

「おそらく、アメリカ本国です」

「殺されるの？」

「いや、アメリカは、そういうことはしない。しかし、さらに巧妙なことを、するでしょう」

「スパイ？」

「さあ、戦争が、この状態では、いまさら、スパイの必要はありませんよ。ここも、すでに、アメリカの領土なのだから」

「ここは、まだ東京ですわ」

「番地はね。しかし、この空は、サイパンの基地とつながっていますよ。日本の戦闘機なんか、ありはしないんだ。土の中にはいつくばった、赤い、さびたトタンと、やせて、骨と皮ばかりになった市民たち……」

「それでも、日本ですわ」

「僕はもう、何日も、めしを喰っていない」

　敦子は、笑い出した。

「白いごはんを、さし上げましょうか？」

「そんなものがあるんですか?」

「田舎の人が、持って来てくれたんです」

「変なことを聞くけれど、あなたはいま、何で生活しているんですか?」

「売り喰いです。主人の月給も、きますけれど……」

「外務省や、大東亜省の役人はそれがあるが、——だれも、金をくれない遺族もいる」

「高須さん。あたし、白米のごはんをごちそうすることで、あなたの正義感みたいなものを、他のものとすりかえるつもりはありませんわ」

「正義感みたいなもの、ですか?」

「高須さんは、ご自分のことを、何もおっしゃらないでしょう。新聞記者だということだけで、この戦争の中では、豆つぶほどの大きさしかない阿波丸事件を追っていらっしゃるわけはありません」

「今日は」と、高須昌宏は言った。

「その程度にしておいて下さい。僕が今日きたのは、これから先、あなたの立場を利用して、この事件のことを、はっきりさせたいと考えていることを、言いに来たんです」

「お約束します」

「ありがとう」

守屋敦子が、久しぶりだといって、白米を炊き、ありあわせの食事をととのえたのは、あたりに夕暮れのおちるころであった。

「ビールも、お酒もありませんの。たまに配給があっても、男の人のいる家へ譲りますから」

「結構です」

「主人は、ここに、テニスコートをつくりたいと言っていましたけれど——夢になりました」

「広さとしては、充分ありますね。しかし、この土地は、守屋さんか、あなたの名義なのでしょう。当分、手放さない方がいいですよ。戦争が終わって、どうなるかわからないが、土地というものは、人間が住んでいるかぎり、必要なものだ。——あのとき、門司には、いつまでいたんですか?」

「四月十日まで待ちました。だれにきいても、知らないと言うんです。海が荒れていたとも聞きませんでしたし、——でもあの辺はアメリカ側の機雷原ですから、触雷沈没というのが、役所の方たちの一致した意見でした」

「潜水艦にやられるとはね」

「阿波丸は、夜も、イルミネーションをつけていたそうですし、緑十字は、ずいぶん遠くから、見ようと思えば見えたでしょうし……」

「アメリカの各艦船には、無電で、阿波丸を撃沈してはならない、という指令が届いていたはずです。そこで、門司で、あなたの言ったことが気になりはじめたのです。あなたが言ったことが確かならば、アメリカ側には、阿波丸を沈めてもかまわない、という理由があった

「……」

「どういうことでしょうか？」

守屋敦子が、お茶を入れたときに、やけて、太い幹だけになり、そのために、木の名前さえも判然としない立木の向こう側から、青白い月がのぼった。

四

その年は、暑い夏であった。食糧が不充分だったから、暑さがこたえたのだろうか。

高須昌宏の借りていた部屋は、杉並の奥で、空襲をうけなかった。六畳一間だが、西向きで、夕方になると、いたたまれないほど、温度があがった。守屋敦子が、はじめて、高須の部屋を訪れたのは、そんな時間であった。敦子が、母屋の玄関に立っているのを見たとき、高須は、よろこびとも、悲しみともつかない感情にふるえた。

「上がって下さい。しかし、ものすごく暑い部屋ですよ」

「すぐ失礼しますわ。ちょっと、さし上げたいものがあったんです。もらいものですけれども……」

「何ですか？」と、高須が、敦子を部屋へ案内してから、紙包みをとくと、ウイスキーの壜が出てきた。

「もらっていいんですか？」

「どうぞ」

「守屋さんには？」

「一晩供えました。死人は、ウイスキーはのみませんわ」

「死んだとは思えない、とあなたは言った……」

「動かすことのできない事実が、少しずつ見えて来たんです」

「たとえば？」

「サイゴンにいた陸軍の方が、たずねて下さいました。主人といっしょに、写真をとったんですの」

「そこに持っていますか？」

「はい」と、敦子は、一葉の写真を、高須の前においた。

「少なくとも、主人が、阿波丸に乗っていたことは事実ですわ。その人は、船まで、主人を送って下さったそうです。軍務で、飛行機で、最近、帰って来た方なんです。その写真は、主人が一枚おあずかりして、その方のご家族へお渡しする約束だったようです。逆になりました、とその方もおっしゃいました」

「元気なときの御主人の写真を見て、あなたは、御主人が亡くなったことを実感したというのですか」

「ほんとうに、暑いわ」と、敦子は言った。

「扇風機もないんです。団扇もないんです。新聞紙で、あおいで下さい」

新聞紙を、折れないように折って、あおぐと、風よりも、音の方が大きかった。

「少し、興味を持ちましたの」と、敦子は言った。

「高須さんは、おひとりなの？」

「一人ですよ」

「奥さまは？」

「死にました」

「どこで？」

「そのことは、聞かれたくないんです」と、高須は答えた。その部屋にいるのは、一人の男ではなく、新聞記者であった。そう思いつづけてきたのだ。

「じゃあ、伺いません」

「この前の話のつづきだが、あなたがきいた話、——つまり、阿波丸が、門司で非戦闘員を下船させてから、撃沈される、というのは、それだけの理由があったからでしょう。その理由について、——これは臆測にすぎないが、阿波丸は、呉で、戦時禁制品を積んでいるんです。それは、軍がやったことで、あなたの御主人のような官吏は、まったく知らされていなかった。飛行機二百台分の器材と、弾薬五百トン、爆弾二千発が、サイゴンで、往路におろされている」

「それを、アメリカは、知っていたのでしょうか」

「もちろん、知っていたはずです。アメリカの諜報網は、完全です。日本人は、知られていないと思ったのか、知られていても、それをしなければならなかったか、どっちかです」

「それで?」

「高雄、香港、サイゴン、シンガポールの順で寄港していましたが、正確にいえば、サイゴンからシンガポールまでの間だけしか、阿波丸は、交換船阿波丸ではなかった」

「帰りにも?」

「シンガポールでも、かなりの戦時禁制品を、積んだはずです。しかし、これも臆測にすぎない。僕が、あなたに協力をお願いしたのは、それらの臆測の裏づけをして、事実として考えてみるためです。二千人の犠牲者のために」

「もう一度うかがいますけれど、それは、アメリカを摘発するためなのですか、それとも、あなたの正義感のためなのですか?」

「どっちと考えて下さっても結構です。ともかく、僕には、それを知る権利があり、義務もある」

「こわいことになりそうですわ」

「多分ね。しかし、遺家族の中で、僕に協力して下さる人は、おそらく、あなたしかいないのです」

「なぜ?」

「美しい未亡人だからです。この前もいった」

「なぜ、そこだけ、はっきりおっしゃいませんの?」

「あなたは、なぜ僕が、この事件に興味を持っているかを御存じない。僕も、なぜあなた以外に協力者が求められないのか、わかっていないのです。お互いさまです」

「一方的ですわ」

「気に入りませんか？」

「ご返事は、これです」と、敦子は、ウイスキーの罎を指さした。「おあけになりません？」

「いただきましょう」と、高須は、コップと水を用意した。

「しかし、あなたには、何をあげたらいいのかな」

「お水で結構ですわ」

不思議な酒宴であった。高須は、汗のために、上半身をぬらして、そして多分、敦子も、汗をかいたに違いない。

「第二次世界大戦なんて、――いや、これをかりに太平洋戦争とかぎっても、――新聞記者の僕なんかの手におえる代物ではない。阿波丸のことだけでいいんだ。しかし、この事件だけを考えたって、日本政府、軍、アメリカ政府、海軍、――それだけの範囲を調べ上げなければ、たぶん、何も、はっきりしやしない。腹がへっているし、僕は、何の武器も、権力もない。しかし、やらなければならないことは……」

「戦争は？」

「残念ながら、もう長いことはない。戦争になってから、出てくる軍人、総理大臣、みんな、心にもない終局的な勝利を約束しているけれども、僕たちの日常生活が、戦争に勝つための苦しみだと思えますか。この廃墟が、戦勝国の首都だといったら、滑稽に聞こえませんか。——少し、酔ったようだ」

「どうぞ、お酔いになって」

「かまいませんか。もし、僕がこのまま、酔って、ぶったおれたら、戸を閉めて帰って下さい。戸締まりなんて、いらない。泥棒をするほどものを喰っている奴なんか、いるはずはないし、とられるものもない。このウイスキーの壜は、かかえて寝ますよ」

「水道は、どこでしょうか?」と、敦子がきいた。

「水ですか。僕が、持ってきます」

「手拭をさがしていただきたいんです。ひどい汗なので」

高須が、手拭を水でしぼってくると、敦子は、縁の方を向いて、襟の中へ、手拭を入れた。しばらく、そうやって、動かないでいた。敦子が、女に見えたのは、そのときであった。女に見えたって、仕方がない。目に汗がはいった。

「その手拭を、あいたら貸して下さい」

「しぼって来ます」

「いいんです。そのまま」

ひったくるように、高須は、敦子の持っていた手拭をつかんで、汗を拭いた。祈るように、高須は、敦子の匂いのついている手拭を胸に押しあてた。

「とにかく、戦争が終わらなければ、何をすることもできやしない。死ぬことも、です。戦争になってから、僕は、生きたい、と思いはじめたんです。生きる、ということは、何かをはたすことだと、考えはじめた。あなたは、絶望しましたか?」

「いいえ」と、敦子は答えた。「あなたのお手伝いをして、何かを果たし終わったとき、死にたくなるかも知れませんけれど……」

「守屋敦子さん」

「はい」

「これは、大変な仕事なんだ。覚悟はして下さい」

「とっくに、出来ています。市兵衛町へ、あなたがいらっしゃった時から」

「僕は、酔っていますか?」

「少し、ね」

「このウイスキーは、今晩中にのんでしまいますよ。今日、あなたが、ここへ来て下さったということは、僕の運命をきめた。そう考えていいですね」

「どうぞ」

「失礼します。眠くなった」と、高須は、陽かげになった縁先に、ころがった。

「お風邪を……」

「そんな上品な人間じゃあないんです」

「暗くなったら、帰りますわ」

敦子のいる間に、高須は、浅い眠りの中にいた。

五

アメリカ政府から、日本政府に対して、正式の回答があったのは、七月五日であったが、それが国内の新聞にのったのは、七月十五日と十六日である。

〔米、阿波丸の責任確認、賠償は戦後に延引企む〕

（リスボン十三日発同盟）日本占領下の南方地域に収容中の米捕虜への物資を輸送して、本国へ帰航中、米潜水艦に不法撃沈された阿波丸の事件については、日本政府がさらに厳重に抗議を行ふと共に損害賠償を要求したが、ワシントン来電によれば、米国国務省は十三日、声明を発し、右事件に対する責任が米国にある旨を漸く認めるに至った。声明要旨次の通り。

米国政府は阿波丸事件に関する調書を漸く完了したが、阿波丸は安全通行に関する取極のすべての条件を守っており、米国が同船沈没の責任を有することが判明した。米国政府はスイス国政府を通じて、六月二十九日附電報をもって日本政府に対し、本事件の責任が米国政府にあることを確認する旨通報すると共に、日本側の要求する賠償は問題の性質上複雑であるから、右問題の処理を戦争終了後までのばすやう日本政府に申入れた。（昭和二十年七月十五日、東京朝日新聞）

〔米潜艦長罷免。阿波丸事件公表〕

（リスボン発同盟）米国務省は十三日、声明を発して阿波丸事件の責任が米国政府にある旨を漸く確認したが、海軍省人事局長ランダル・ジェイコブスは、十四日、阿波丸撃沈の潜水艦長の処罰について次の通り言明した。

阿波丸を撃沈した米潜水艦長はその職を免ぜられ、軍法会議で取調の上、ある種の判決を受けた。ジェイコブスのいふ「ある種の判決」が何を意味するかは全く不明で、海軍長官フォレスタルも記者団会見で、一記者が潜水艦長に加へられた刑罰を公表することは出来ぬかと質問したのに対し、「余としては同人に対し如何なる処置が採られたかは言明出来ぬ」と述べた上、「同人は赫々たる戦果を収めた艦長だし、同人の迷惑になるやうなことはあまり云ひたくない」と弁明して、暗に艦長に対する処罰が極めて軽いものであったことを暴露している。（昭和二十年七月十六日、東京朝日新聞）

高須昌宏が、その新聞を持って、守屋敦子のところへ行こうと思ったのは、八月にはいってすぐであった。前夜が泊まりで、社からまっすぐ麻布へ行けばよかったのだが、なにか買って行こうと思って、東京駅の八重洲口へまわったのが、運が悪かった。

朝の八時ごろ、数機のグラマンが、一機のB29に誘導されて、広場をおそった。警戒警報は出ていたのに違いなかったが、市民は旧市内に、もう焼夷弾をうけるような場所のないことを知っていたし、そのころのB29の編隊は、東京の上空を通過して、関東地区の衛星都市へ向かうことが多かったから、警報をあまく考えていたと言えないことはない。

黒いグラマンが、蝶のように舞い下り、機銃掃射をはじめたとき、市民たちは、あわてた。その辺に、完全な防空壕はなく、近くのビルの地下室か、東京駅の屋根の下へ逃げ込むしか方法はなかった。人々が走り出したとき、縦横に、黄色い埃が線になってはね、何人かが倒れた。確実に機銃掃射の目標は、歩いていた「人間」であった。

いっとき後、高須昌宏が、静まりかえり、まったく動くもののなくなった広場で見たものは、五十人ほどの人間の死体であった。女もいたし、老人もいた。そして彼らは、いずれも非戦闘員であった。社へ電話をかけておいて、高須は、買物をするのをやめて、材木町へ向かった。

「ろくな資料は、はいらない」と高須はいった。「新聞を見ましたか?」

「賠償は、戦争が終わってから、という記事でしょう」

「そうです」

「お顔に、泥がついていますわ」

「たったいま、八重洲口でグラマンの襲撃をうけたんです。ゆうべ、泊まりだったので」

「お食事の支度しますから、水でも、浴びていらっしゃったら?」

「水道は、どこです」

「その辺の焼跡に、いくつもあります」

高須は、敦子から、手拭を借りて、夏草の茂っている野原を、歩いてみた。コンクリートの土台が、かつてそこに家があり、人がすんでいたことを証明しているだけであった。敦子の言うとおり、水道管だけが方々にあった。そこから水が出るというのは皮肉であった。高須は、その中の一つの前にかがみこんで、頭から水をかぶり、顔を洗った。それで、朝が来たようであった。

敦子の家へもどると、味噌汁の煮える匂いがした。味噌汁を見なくなってから久しい。戦争末期になって、味噌は、乾燥味噌として戦地へ送られ、残りは大豆のままで、市民に配給された。味噌汁の味は、のどにしみた。

「人が、死にましたの？」と、敦子がきいた。

「五十人くらい倒れたが、何人かは、死んだでしょう」

「…………」

「僕を、冷淡だと言うんですか？」

「いいえ」

「僕たちは、どこへ行くかわからない道を、歩いている。となりにいる奴が、急に死んでも、それは関係ないんだ。そうでしょう。そう考えなければ、自分が生きて行けない。たぶん、前線の兵隊たちだってそうだろうと思います」

「ずい分、ひがんでいらっしゃるのね」

「ひがんでいますか。——割りきろうとしているんです」

「五月の末だったかしら。横浜と川崎が、昼間、B29の空襲をうけましたわ」

「覚えています」

「ここからも、見えましたの。空が、B29で真っ黒になった」

「あのときには、B29五百機と、P51が百機来たんです」

「半日、空気が揺れていましたわ」

「なぜ、そんなことを、思い出したんですか？」

「何もかも、戦争が終わらなければ、はじまらない、という意味ですわ」

「いま、東京の焼跡に残っている人たちも、そう思っているのだろうか」

「たぶん。でも、高須さんとあたしが、それを待っている意味と、この辺の人たちがそれを待っている意味とは、関係がありませんわ」

「思い出した」と高須はいった。「アメリカ政府が、阿波丸の賠償問題に、戦争が終わってからにする、と言っているのは、当然、アメリカは、連合国がきわめて有利に、つまり、勝つ、ということでこの戦争を終了させる自信を持っているからですよ。だから、僕は、今度のアメリカ側の声明には、大した意味はないと思う」

「うやむやにしてしまう、とおっしゃいますの？」

「多分ね」

「そうかも知れませんわ」

「しかし、うやむやにされてはたまらない何千人かの人がいる。僕たちもその中の一人です」

「はい」

「それだけは、どんなことがあっても、忘れないでほしいのです」

「この前、お約束しました」

「あなたは、御主人を愛していらっしゃった」

「高須さんは？」

「まだ言えないのです。しかし、あなたと同じくらいの強い理由を持っています」

「お聞きしないことにします」

夏草の焼跡に、かげろうが立ちのぼりはじめたのは、十時近くなってからであった。ぽつんと立っている電柱が、ゆれて見えた。

「今日も、暑くなりそうです」

「ゆうべ、泊まりだったとおっしゃいましたわね」

「そうです」

「眠っていらっしゃらない？」

「椅子を、三つ並べて、その上に、横になっていただけです。眠れるわけがない」

「よかったら、夕方まで、おやすみになりません？　ここは建物がなくなってから、風通しがいいんです。草の丈がのびてから、土の匂いがしませんの」

「そう言われなくても、久しぶりに、味噌汁と、ごはんを食べさせていただいて、眠くなりましたよ」

「どうぞ」

「失礼します」

高須は、畳の上に横になった。なるほど、敦子の言うとおり、風が通った。涼しいとまではゆかないでも、汗をかかずにすむ程度の快さはあった。

高須昌宏は、すぐに眠った。

夢をみた。守屋敦子の若い良人が、テニスをしていた。相手をしているのが、自分のようであった。敦子が、二人のゲームを見ていた。どっちを応援しているふうでもなかった。守屋は、熱のために赤い顔をし、ときどき手拭いを出して顔をぬぐった。

高須昌宏が、自分はテニスをしたことがないのだと気づいたのは、夢のあとへ、目覚めがきたときであった。

「何時ですか?」と高須はいった。

「六時ですわ。八時間も、よくお眠りになりましたのよ」と、敦子の声が聞こえた。

起き上がると、外は夕暮れであった。魚の匂いがした。

「もう夕食ですか?」

「お魚の配給がありましたの。ひからびたあんこうですけれど、お鍋にします。もう少し、ねていらっしゃって下さい」

高須昌宏は、過去の、ある時期に、自分にも、こういう生活があったのだ、ということを思い出した。

六

その夜、守屋敦子から、高須に一つの提案がなされたのは、お互いの家庭の事情を話し合った結果であった。

「あの、西陽のあたる暑い部屋に、いつでも、おひとりでいらっしゃるわけなのね」と敦子はいった。

「そうですよ。夏、暑い部屋は、冬は、寒い」

「お食事は？」

「外食と、自炊です」

「たいへんね」

「なれましたよ。それに、いまは、どこで、何を食べたって、同じことです。酒がなかなか手にはいらないのだけが、辛い」

「御両親や、御兄弟は？」

「それは――この前も言いかけたけれども、僕の家の事情は、あまり話したくないんです。しかし、結論をいえば、僕は一人きりですよ、いつも」

「そう。あたしのことは、ご存知？」

「守屋の家には、年とった母だけですわ。郷里の岡山へ疎開をしています。実家の方も――あたしって、血族の縁が薄いんですわ。両親とも早くなくなりましたし、弟が一人いましたけれど、戦死しています。現役兵で」

「大体はね」

「じゃあ、やっぱりひとりっきりだ」

「そうですわ」

それだけの会話が、つまり、守屋敦子に、提案を思いつかせたようであった。

「高須さん」と、敦子はいった。「失礼なんですけれど、もしよろしかったら、ここへ越していらっしゃいませんか？　三間ありますもの。一部屋提供します」

「…………」

「びっくりしていらっしゃる。でも、深い意味はないんです。あたしたち、仲間になりました。いつ、どんな仕事がはじまるか、わかりませんけれども、あなたの生活ぶりを、よそながら見ていると、あたしが、もう少し何とかして上げることができるような気がしますの」

「酒が、手にはいりますか？」と、高須昌宏はいった。

「お酒だけじゃ、ありません。たとえ、あんこうのようなものだって、お一人じゃあ、なにをなさることもできないでしょう？」

「何かを、口説かれているような気がしますよ」

「どうおとりになってもかまいません。たとえば、あたしの方に、外務省からはいる情報があり、あなたの側では、新聞社からはいる情報がおありですわ。あたしたち、もし仲間なら、いっしょに暮らしていた方が便利なような気がするんです」

「わかりました。もう一つ、つけ加えましょうか」

「どうぞ」

「焼跡の中の一軒家。——ひとりでは、こわいのでしょう?」

「守屋の位牌があります、と言いたいところだけれど……正直にいえば、それもあります」

「必要上、便宜上、同居する……」

「そうですわ。それ以上の意味は、ありません」

「僕も、それ以上の意味を求めてはいない。しかし、本来、あなたが、亡くなった御主人にして上げなければならないことを、僕にして下さる、という点に、抵抗を感じますがね」

「個人の感情を必要とするのは、この問題が片づいてからですわ」

「その通りです。喜んで、ごやっかいになります」

「お荷物は?」

「極端にいえば、ここにいる僕自身がすべてなんです。しかし、あっちの部屋も引き払わなければならないし、明日でも、社の帰りにまわって、着替えくらいもって来ます」

「今日は、お泊まりになる?」

「番犬としての役目がありますよ」

「じゃあ、裏の四畳半を、きれいにしておきます」

一見、非常識ともいえることが、何でもなく実行にうつされるというのは、焼跡の、生活の現実がさせたのだろうか。

「近所の人に、何ていいますか?」と、高須はいった。

「いくら焼跡でも、隣組はあるし、書類上、転入の手続きをとらなければならない」

「従兄だと言っておきますわ。でも、だれも、ひとの家の中のことに干渉しませんわ」

「やくざな従兄を急に持ったりして、お気の毒です」と、高須はいった。

高須昌宏は、そのときはじめて、敦子の笑顔を見たようであった。

「新聞社に、おはいりになったのは、いつごろですの?」

「昭和十八年の春です。新聞記者になるつもりは、少しもなかったんです。しかし、そのころは、記者の数が、どこでも足りなかった。面接だけで、見習記者になり、一年後に本採用になったんです」

「面白いとお思いになりました?」

「面白いものですか」と高須は笑った。「言論統制の時代ですからね。社会部の遊軍でも、何もすることはない。魚市場へ、マグロがはいったとか、都民一人あたり、餅菓子一個の配給があるとか、――大部分の仕事は、戦死した人の遺族訪問と、防空演習や、実際の空襲に活躍した町の英雄の話。それだけです。火事もなければ、殺人強盗もなかった。いや、あったかも知れないが、戦意昂揚の紙面に、そういうものは、少しも必要ではなかったんです。それだ五時に、仕事がなければ、サラリーマンのように退社して、国民酒場の行列に並ぶ。それだけの生活です。だから、阿波丸の事件で、門司まで行ったのは、僕個人としても、記者としても、大きな仕事だったわけです」

「新聞社で、事件のことについて、その後、何の動きもありませんの？」

「社会部としては、ね。外務省の発表を、記者クラブの連中が送って来る。それを紙面にのせるだけです。社会部として、たとえば、遺族のだれかに会って談話をとる、というふうなことを、デスクに言ったことはあるけれども、どこかで、握りつぶされた。僕はいま、待つことしかできない」

「………」

「あなたの方だって、同じようなことでしょう。外務省は、これはアメリカとの問題であって、戦争が終わるまでは、どうすることもできない。――違いますか？」

「その通りですわ。あたしだって、待つことしかできないんです」

「待ちましょう、仕方がないことだ」

「ええ」

太陽が沈んでしばらくたつと、微風が、起こった。それは、まだ昼間の熱気を持っていたし、夏草の生い茂った焼野原を渡ってきた風にしても、生臭い。地表をおおっているものは、やはり死んだ人間たちの血液であり、夏草は、その、土にしみ込んだ血を吸って生長してきたかのようであった。

「待つことは、眠ることと見つけたり、だ」と高須昌宏はいった。

「そうですわ。それと、——二、三日したら、きっとお酒の配給があります」

「楽しみにしていましょう」

突然に、そういう生活の変化が訪れたことについて、高須は、特別に考えてみる必要を感じなかった。困っている者同士、あるいは、共同の目的を持っている者同士が、一つの家に起居をともにするというのは、少なくとも、必要であり、当然のことのように思われた。

雨戸を閉めてしまうと、さすがに家の中が暑くなった。汗が、背中に、にじみ出して気持が悪かった。急に場所がかわったせいか、眠くない。

「何か、本はありませんか?」と、高須は大きな声を出した。

「焼いてしまいましたわ」と、敦子の声がきた。

「新聞は?」

「とっていません。隣組長さんのところへ行って読んでいるんです」

「………」

高須が黙り込むと、いっときして、敦子が、奇妙なものを、持って来た。

「活字がお読みになりたいのでしょう?」

「そうです」

「じゃあ、これを」と、敦子は、手に持っていたものを、高須の枕許においた。

「何です?」

「紙袋をはる仕事が、ときどき回ってきますの。古雑誌を、ばらばらにしたものですわ」

「紙袋をつくって、どうするんです?」

「知りません。ときどき、いろんな内職仕事が、隣組へ割り当てになるんですの」

敦子のおいていった紙の、いちばん上にあった一枚をとり上げてみると、それは、菊池寛の『受難華』の最初の二頁であった。

七

焼跡の彼方から、赤い月がのぼるようになった。月は、中天に達すると、青味をまし、野原をてらした。高須昌宏が、図書館に通って、資料からうつして来たタイタニック遭難の概略を、敦子に見せたのは、そんな夜のことであった。

〔タイタニック号〕The Titanic イギリスのホワイト・スター会社の客船。一九一一年に建造され、総トン数四万六千三百二十八トン、長さ二百五十九・〇八メートル、幅二十八・一九メートル、深さ十九・六六メートル、主機はタービンの三連成汽機の組み合わせ機関、三軸船で速力二十一ノットであった。当時、イギリスではキュナード会社が一九〇七年に建造したモレタニア(総トン数三万一千九百三十八トン、速力二十六ノット)が大西洋横断速力のブルー・リボンを保持していたが、競争相手のホワイト・スター会社では、速力の点で争うことを断念し、もっぱら船の大きさに力をそそぎ、タイタニックを建造したが、四万トン以上の最初の船であった。内外の知名人をのせてサザンプトン港を出帆、ニューヨークにむけての処女航海の途中、一九一二年四月十四日夜十一時四十分、北緯四十一度四十六分、西経五十度十四分（北大西洋のニュー・ファウンドランド沖合い）で浮流氷山に衝突して、二時間四十分の浮遊後、沈没した。この事件で船内全人員二千二百八人中、一千五百三人の犠牲者を出し、世界最大の海難事故とされている。この事故の原因や損害については、水密区画、救命設備、無線電信、流氷監視など種々の問題が関連し、船の安全を確保する問題にたいしての良い教訓であった。これが刺戟となって、船の安全を確保するための諸制度が確立され、時代の変遷、技術の発達にともない、その後も改善および向上されていまに至っている。


「映画も二度も見ました」と、敦子はいった。敦子の顔が、月光の下で、白く見えた。

「僕が」と、高須はいった。「こういうものを調べてきた理由が、わかりますか？」

「…………」

「タイタニックは、史上最大の海難といわれている。その理由は、死者の数なんですよ」

「ああ」

「いいですか。タイタニックでは、確実に死んでいるのは、千五百三人です。阿波丸とは、事情が違うけれども、ともかく、死者の数字だけを挙げれば、一人助かっただけなのだから、少なくとも、――これは正確な数字ではないけれども、二千人は死んでいるんですよ。タイタニック号の遭難は、史上最大ではなくて、第二になった」

「………」

「敦子さん」

「はい」

「よくきいておいて下さい。阿波丸事件のとき、日本の新聞は、安導券というものについて、解説しています。しかし、その内容は、僕が図書館で調べたものと、少し違っているんです。すべては、戦争が終わって、両国の言い分が明るみへ出てみないとわからないけれども、僕が調べてきた安導券の解釈は、あなたの御主人が、心配されていたものを、立証できます。これを見て下さい」

〔安導券〕Safe-conduct 交戦国が、敵または第三国の人、船または貨物にたいし、その領域もしくは占領地域または作戦地域のなかにおいて、一定の目的のため一定の場所におもむくことを許可するむねの文章を安導券という。安導券のなかに示された条件にしたがうかぎり、安全に通行することを保障される。敵国の外交使節が戦争の開始のために本国に帰還するのを許した場合や、敵の全権委員が交渉終了後、帰還する場合などには、安導券があたえられる。安導券を交付するのは主として政府であるが、軍指揮官もその指揮下にある地域のなかで通用する安導券を発行することがある。交戦国は軍事上必要な場合には安導券を無効としうる。

「あのときの新聞の解説には、交戦国は、軍事上必要な場合には、安導券を無効としうる、ということが、書いてなかった」

「そうですわ」

「潜水艦長の処罰が、あるいは、きわめて軽かったとか、もしかして、ぜんぜん処罰されなかったかも知れない、と考えるのは、無謀でしょうかね。つまり、僕の頭の中で、阿波丸が、戦時禁制品を積んでいたかも知れない、ということと、無関係ではないような気がする」

「でも、それをどうやって証明なさるの？」

「だから、待っているんです。少なくとも、いま、内地には、それを証言し得る人はいない。外地へ行っている人がもどってきたら、そして、生き残りの下川というコックがもどってきたら、何かが判ると思う」

「戦争も、もう長いことはありませんわ」

「多分ね。しかし、どうやって、そのときがやって来るのか……」

「わかりませんわ」

「わかっているのは」と、高須昌宏はいった。「こうやって、二人で、月を眺めてはいられないだろう、ということです」

「お酒がなくて、お気の毒ですわ」と、敦子はいった。「歴史は夜つくられる、という題でしたわね」

「あのタイタニックのことでしょう?」

「ええ」

「氷山に衝突する前、彼と彼女が、人気のないサロンで踊っていた。いま、あの映画を観たら、どう思うだろうな」

「P51というアメリカの飛行機を、ごらんになって?」

「見ましたよ」

「七月にはいってからだったかしら。ここで、こうやって、南の方の空を見ていたんですの。昼間で、警戒警報が出ていました。西から東へ、飛行機が一機飛んでいたんです。かなり低空で。グラマンかと思っていたんですけれど、これが、急に縦になって、地面へ、はいってしまったの。ほんの短い時間でしたけれど、縦になったとき、双胴だということに気づきました。あ、墜ちた、と思って、しばらくしてから、ばーん、という音が聞こえたんです。事故だったのね」

「何を言おうとしているんです?」

「アメリカの飛行機が、墜落したのを見たのは、それ一回だけ」

「幸福な人だといえるでしょう」

「そうかしら?」

「空襲のときは?」

「六本木のビルの地下室まで、逃げました。二回」

「………」

「そして、ここへ戻ってみたら、うちがなかったんです」

「実感がない？」

「ええ。なぜ、あたしが、急に、別の話をしたか、おわかりになって？」

「………」

「タイタニックのことは、映画でしかみていませんけれど、――阿波丸の、最後の夜を……」

「悪かった」と、高須昌宏は詫びた。「もし、御主人が、門司を出航するときに言われたことが本当なら、御主人は、船が、海を走っている間、そのことを考えていたに違いない。最後の夜は、――知るべくもないが、タイタニックの比ではない」

「赤い顔をして、テニスをやっていたときのことを、思い出します。どんなに心配でも、どんなに苦しくても、多分、あのひとは、黙って、坐っていたに違いありませんわ」

「その悲しみは、もう味わいつくしたのでしょう？」

「この焼跡に、ひとりで住んでいることが、主人の死を知ってから、こわくなくなりました。悲しみは、恐怖よりも、強いんですわ」

「どうして、それがまた、こわくなったんですか？」

「あなたと、仲間になってからですわ」

「悲しみが、薄らいだ、ということ？」

「生きていかなければならない、と考えはじめたからですわ」

「どうなるかわからない未来を」と、高須はいった。「僕たちは、信じなければならない」

「でも、女は、たぶん、阿波丸の事件を、戦争という大きな出来事の中で考えることはできないんです。もっと単純な、小さな、良人の死という意味でしか」

「結構です」

「こうしていられることは、少なくとも、一人で、悲しみの中に夜を過ごすことよりも、しあわせです」

八月六日、広島へ、八月九日、長崎へ、原子爆弾が投下された。ただ一機のB29によって、それはなされた。

広島市の被害の概算は、死者七万、負傷者十三万。長崎市では、死者二万、負傷者五万と発表された。その数字の中には、両市に駐在していた陸軍の兵士もふくまれているかも知れないが、大部分は、非武装市民への大殺戮であった。

「無条件降伏です」と、高須昌宏が、仕事の途中で、敦子のところへ寄って言ったのは、昭和二十年八月十四日の夕方であった。

敦子は、黙って、夏草の生い茂る、焼跡を見ていた。何かが終わり、そして何かがはじまろうとしていることを、高須昌宏は、そのとき感じた。そして多分、自分が、守屋敦子を、愛しはじめているだろうということも。

八

〔天皇陛下、マ元帥を御訪問。三十五分に亙り御会談〕

天皇陛下には二十七日、連合国軍最高司令官マックアーサー元帥を赤坂区榎町の米国大使館に御訪問あらせられた。今回の御訪問は、天皇御躬《みずか》らの思召による非公式のものであらせられたが、陛下にはモーニングコートにシルクハットを召させられ、特に正規の鹵簿《ろぼ》を整へさせられる御事もなく、黒塗りの御料車を用ひさせ給ひ、藤田侍従長陪乗、石渡宮相、徳大寺侍従、村山侍医、奥村御用掛ら供奉の御簡素な御列にて、午前九時五十五分、宮城御出門、米国大使館に向はせられた。同大使館にてはフェラーズ代将、バウア少佐が玄関にてお迎へしたが、供奉の者は次の間に控へて陪席申上げず、奥村御用掛の御通訳にて三十五分に亙りマックアーサー元帥と打解けて御会談あらせられた御由にて、同十時四十五分、宮城へ還御あらせられた。（昭和二十年九月二十八日、東京朝日新聞）

〔聖上米記者に御言葉（ニューヨーク・タイムス特派員通信）全世界平和に寄与、民生を確保、社会的安定を達成〕

（ニューヨーク特電二十六日発＝ニューヨーク・タイムス特約）

ニューヨーク・タイムス紙東京特派員フランク・ルイス・クルックホーン氏は、二十五日午前十時、天皇陛下に拝謁仰付けられ、あらかじめクルックホーン氏から提出されてゐた質問書に対し、御返事を賜はった。この御返事は厚い紙に認められ、謁見後、同記者に御手渡し遊ばされた。したがって謁見中は口頭の質問は許されなかったが、陛下よりいろいろ一般的な御言葉があり、同記者はこれにお答へ申上げた次第であった。これは、開戦以来、米国人として最初の謁見であり、また終戦後も外国人に賜はった初の御言葉であった。

同記者は質問と御返事の内容について次のやうに通信している。

まづ記者は、「日本の社会及び教育制度は変更されねばならぬと御考へですか。日本の将来について如何なる御考へを抱かれて居られますか」との質問を差出したが、これに対しては英国のやうな立憲君主国がよいと答へさせられ、更に、「立憲的手続を通じて表明された国民の総意に従ひ、その線に添って、必要な変更が実行されることを衷心より希望する。社会的安定を達成するためには、十分な食糧と住居を確保することが現下焦眉の急を要する大事である。この問題が満足に解決されたならば、日本が世界全般の平和に寄与する必要な諸改革の仕事を開始することは比較的容易となるであらう。やがて日本は教養と文明をたかめ、平和な貢献によって、やがて国際社会に正当な地歩を占めることを希望してゐる」との御返事があった。次に、「東条大将は真珠湾に対する攻撃、ルーズヴェルト大統領の言葉をかりるならば〝欺し討ち〟を行ふために宣戦の大詔を使用し、その結果、米国の参戦を見たのであるが、大詔をかくのごとく使用することが陛下の御意図であったでせうか」

という質問に対し、「宣戦の大詔を東条のごとくこれを使用することはその意図ではなかった」といふ意味の簡単な御返事があった。

「陛下は日本人自身が日本を国際提携場裡に再復帰し、ふたたび戦争を起さないためあらゆる必要な手段をとり得るとお考へになりますか、またそれを希望なさいますか」との質問に対しては、

「日本臣民は自らそのやうな必要な変更を行ひ得ることを証明するであらう」と御答へになり、さらに米軍の日本本土占領を傷つける何等重大な不祥事の起らなかったことに満足される旨御言明遊ばされた。最後に、

「陛下は最新武器の出現が将来の戦争をなくするとお考へになりませんか」

この質問に対して、「銃剣によって又は他の武器の使用によっては、永遠の平和は樹立されるとは考へられぬ、勝利者も敗北者も武器を手にして平和問題は解決し得ない。真の平和は、自由なる人民の協力一致によってのみ達成される」旨お答へあそばされた。(昭和二十年九月二十九日、東京朝日新聞)

「ね、こういうことなんです」と、高須昌宏は、天皇と、マックアーサー元帥が並んで撮られている新聞の写真を前において、言った。

「すべては、この写真が象徴している。これから何が起こるか、——それはだれにもわかりはしないが、いま言えることは、阿波丸のことだって、結局は、われわれが、われわれ自身

の手で、何とかしなければならなくなるだろうということです。――天皇は、マックの肩までしかない」

「事件の真相は、永久にわからないだろうとおっしゃるの？」

「多分ね」

「賠償も？」

「日本は戦争に負けたんです。一方的に、戦勝国の言い分がとおる時代がきてしまった。そんなことは、とっくにわかっていたんだが、――覚えていますか、僕の借りていた部屋へ、あなたがウイスキーを持って来てくれた日に、僕がいったこと……」

「これは大変な仕事だと、おっしゃったわ」

「その通りです。もしかすると……」

「………」

高須は、口を閉じた。

「もしかすると、何ですの？」

「僕たちは、ほかの、すべてのものを、生存の権利も、捨てなければならないかも知れませんよ。死者のために」

「あたしは、覚悟しています」

「それならいい。確かめてみただけだ」

「信用なさらないのね？」

「信用しないわけじゃない。あなたが、女でなければよかった、と思ったんです」

「女だから、守屋の妻だったんですわ」と敦子はいった。

「そんなことよりも、まず、何をするべきかしら？」

「国と国の関係が、どうなるか、それがきまらなければ、何も出て来ないでしょう。復員が完了して、この事件の関係者が、日本へもどってくるまでは僕たちには、手のつけようがない。監視はつづけますがね」

「それは、いつのこと？」

「わかりません」

「待ちましょう」と敦子はいった。

待つのに、退屈はしなかった。例外なく、守屋敦子も、敗戦国の市民として食糧を手に入れる必要があった。食糧事情は、戦争中よりも、終戦後の方が、はるかに深刻になった。つまり、平等ではなくなった。人々は闇をやらなければ生きて行くことができない。そこでは、体力が、まず必要であった。ものをいうのは、金ではなかった。体力のつぎに、智恵が必要であった。体力と、智恵と、農村に特別なコネを持っている者が、特権階級として、急速に入れかわってゆくようであった。

守屋敦子は、夏草の茂った庭を、細い腕で掘り起こし、素人でできるかぎりの生産を開始した。しかし、その努力だけで、二人の食卓は、かなりにぎやかになったようである。

「陽にやけましたね」と高須はいった。

「毎日、畑仕事ですもの」

「この間は、悪いことをいった。あなたが、女であることに感謝しなければならないな」

「男にだって、女にだって、なるわ」

「夜中に、ふっと目をさましたときに、もう、新聞をやめて、畑で働いていようかと思うことがある。しかし、僕はいま、新聞社をやめるわけにはゆかない」

「一人で平気ですわ。いま、あたしたちに必要なのは、ニュースですわ」

「多分ね」

「うちのことは、ご心配にならないで」と敦子はいった。

「からだは、昔から丈夫だった？」

「弱い、弱いといわれていましたけれど、大病はしていませんわ。戦争になってからは、とくに、気が張っていたせいか、元気になりました」

「守屋さんのために、あなたは、この仕事が終わるまで、丈夫でいなければいけませんよ」

「そうして、高須さんのためにも」

「そう思ってくれますか」

そして、退屈をまぎらすものが、つぎつぎに、新聞紙をにぎわした。

〔風船爆弾の正体。ＡＰ記者報道〕

ＡＰ東京特派員は、わが風船爆弾について左の通り報じてゐる。日本軍の高価なＶ１号兵器「紙風船爆弾」は、ドウリットルの東京空襲の復讐として企図されたが、日米両国民の黙殺にあつて簡単に放棄された。日本陸軍技術本部将校は二日特にAP記者に説明した。

〔米本土を目がけて放射実に九千個。狙ひは心理的な効果〕ドウリットルが東京の空を騒がしてから三年間、今年四月二十日までに放射された風船爆弾は九千個に達し、いづれも東京に近い三拠点から行はれた。この第一弾が完成し放射されるまでには、二年以上の歳月が費され、九百万円以上の費用が投ぜられた。実際に米大陸に到着したものは、ワイオミング州に着いたその第一弾のみであつた。爆弾の効果に就て重慶放送によるアメリカの情報を絶えず注意してゐたが、この爆弾についてその後向ふの続報もなく、つひに風船爆弾の使用は無意味であるといふ結論に達した。日本国内においてこの秘密兵器についての宣伝はとくにされなかつた。これはアメリカにおける実際の効果について確証を握つてゐなかつたからだ。山火事を起し、あるひは都市に落下せしめて、民心の動揺を狙つたものであるが、爆弾は余りに小さく、操縦の方法がないので、軍事施設の破壊が可能であるとは予期しなかつた。爆弾には目玉がなく、爆発地点を選ぶ能力がないが、米大陸の広さからいつて、どこかに落下するであらうと思つてゐた。日本の軍国主義者も一般人も空襲の範囲からアメリカ人はずつと離れてゐるから、直ちにアメリカ人のところまで到着することの出来る武器を発見するための努力がはじめられた。いろいろな実験の後、これらの武器の製造が一九四四年の夏にはじまつた。その最初のものは、その年の十二月に現はれた。日本は風船に紙を使はなければならなかった程の窮状にあった。

科学者達はすでに創造してしまった風船爆弾は空に向って一万ヤード上り、強い西風に乗ってアメリカの西海岸まで、直線距離五千マイル以上を時速百二十五マイルから百九十マイルで到達するものと考へられた。風船爆弾は上げられてから四十時間か五十時間たつと空中に向って爆発するやうになってゐた。五ヶ月間に三つの打上げる場所で一日平均二十個の風船爆弾が打上げられた。士官達は悲しげに海軍の神風、または人間ロケット砲などに相応するところの名前を、この武器につけられなかったと説明してゐた。（昭和二十年十月三日、東京朝日新聞）

九

外務大臣の名前による一通の封書が、守屋敦子のポストに投げ込まれた。阿波丸乗船者にたいし、外務大臣の確認によって死亡と認める、という意味の短い文章が、そこに、よそよそしく書かれ、築地本願寺で、阿波丸犠牲者の合同慰霊祭を行なうから参列してほしい、と書きくわえられていた。そのことは、新聞社には、通達されなかった。

高須は、夜遅く、市兵衛町へもどって、敦子から、それを見せられた。

「何かが、やって来たように感じられますか？」と高須はきいた。

「いいえ」と、敦子は答えた。「ずいぶん、涼しくなりましたわ。夏の終わりのあとに、秋がきているんです」

ぜんぜん違ったことを言っているようであったが、高須には、わかった。秋のつぎには、閉ざされた灰色の冬が、敦子の上にやって来るというのだろうか。

「いっしょに行って下さいます？」と敦子はいった。

「行きますよ」と高須は答えた。「何かが、わかるかも知れない」

「黒い着物を着なければいけないかしら？」

「持っているんですか？」

「ええ。空襲のたびに、何を持って逃げようかと、いつも迷ったんです。でも、不思議なことに、黒い着物は、いつも、持って逃げる方の風呂敷包みに、はいっていましたわ」

「…………」

「まるで、だれかが、今日のために、そうしてくれたような気がします」

「写真も、持って行くといい」

「ええ」

当日は、晴れた。高須は、新聞社を休んだ。

黒を着た敦子は、ひどく美しく見えた。いつだって、育ちのよさを身につけていて、暑い夏の間、ワンピースだけの簡単な姿をしていても、どこかに冷たい厳しさを持っていた敦子が死んだ良人のための黒い着物をまとったとき、変にくずれた魅力をたたえていたのは、なぜだろうか。

　そして、じつに奇妙な、慰霊祭であった。

　阿波丸が内地を出発するときに乗船していた犠牲者の名前や、シンガポールから後便を利用して乗船した軍の高官や、役人たちの名前はわかっていたが、それらの人数は、二千人という実際の乗船者の十分の一にもすぎない。したがって、一人一人の位牌はなかった。ただ、正面の祭壇に「阿波丸犠牲者の霊」と書いた白木の板が立っているだけであった。

　さらに奇妙だったことは、参列者が、多かったことだ。もちろん、風の便りとか、人の噂とかから、阿波丸に乗船したに違いないと想像された未帰還者の家族たちが、そこに集まっていたことであった。何十人かの家族が、あるいは、阿波丸犠牲者に該当しないかも知れないひとのために、祈りにきた。

　外務省の人たちの手で、できるかぎりの情報が集められ、慰霊祭のあとで、集まった人たちから、その人たちの父か兄が、どこで阿波丸に乗船し、そのひとは、何をしていたひとか、ということが調べられたが、その調査には、なんらきめ手がなかったようであった。別の言い方をすれば、阿波丸犠牲者の、実際の数の中の、何十人、何百人かの遺家族は、まだ、その父、その兄、その良人の死を知らないでいたのだ。

　守屋敦子は、大東亜省の上役であった、課長の未亡人の姿を探したが、見つからなかった。顔見知りの外務省の人にたずねると、課長の未亡人は、主人が、阿波丸で死んだとは信じられないから、慰霊祭に参列しないと言ったという。

「どういうことだろう」と、その話をきいて、高須はいった。

「その人が、阿波丸に乗っていたことは確かなんだ。奥さんは、御主人が、シンガポールで下船したと考えているのか、下川勘次といっしょに、沈没したときに救助されて、アメリカへつれて行かれたと考えているのだろうか」

「わかるような気がするんです」と、敦子はいった。「信じられない、ということではなくて、信じたくない、ということなのですわ」

「敦子さんも、そうなのか」

「聞かれれば、そうお答えするかも知れませんわ」

「先に、帰っていて下さい。僕は、少し人に会って、話をしてから帰ります」

「どうぞ」

高須は、黒い姿の敦子が、本願寺の境内を出て、築地の方へ歩いていくのを見送った。

高須昌宏は、敦子の姿を見失ったときから、新聞記者になった。しかし、現在の段階で、下川勘次以外の、すべての乗船者が死亡しているかぎり、――それは同時に、正確な乗船者の名簿がどこにもないという理由で、新しい事実をつかむ方法はない。高須は、一人の青年をつかまえた。

「失礼ですが」と高須はいった。「遺族の方ですか?」

「それが……」と青年は、困惑した顔になった。「多分そうだと思うのです」

「お父さん？　お兄さん？」

「兄です。シンガポールで民間の商社につとめていました。五月に、手紙が来ているんです。ある軍人が、届けてくれました。それによると、書いたのは、三月二十日で、阿波丸という交換船がシンガポールに寄港して、内地へ帰るから、何とかして、それにもぐり込むつもりだ、と書いてありました。根拠は、それだけなんです。シンガポールに残っていた人でも帰って来てくれると、はっきりわかるんですが……」

「じゃあ、お兄さんは、阿波丸に乗れなくて、向こうで、まだ元気でいるのかも知れない」

「そうです。しかし、来てみました。四月に、門司へも行ったんです。そのとき知り合いになった人から、今日のことを聞いたんです」

「何かわかったら、僕に教えてくれませんか」

高須は、社の肩書入りの名刺を出して、青年に渡した。青年は、その名刺をしばらく眺めていたあとで、

「僕は、益田義夫っていうんです。兄の名前は、益田信夫です。住所は……」

といってポケットを探しはじめた。

高須は、手帳をやぶって、青年に渡した。益田義夫は、その紙に、自分の住所を書いて、高須に返した。

「よろしく、おねがいします」と、青年は、石段をおりていった。

高須昌宏は、それ以上の取材は、無理だと思った。その取材は、新聞記事を書くためではなく、敦子と自分のための取材であって、だれとだれが、阿波丸に乗っていたかという事実

を知るためではなかった。外務省だって、それ以上のことを、知ってはいない。頬かむりをできないから、慰霊祭をやったのだ。いったい、だれの霊をなぐさめるためのものか、少しもわからないままで。

高須昌宏は、復員事務が進んで、関係者、つまり、シンガポールで、阿波丸に乗らずに、戦後復員した、軍人や民間人、それから、往路での幾つかの寄港地で、阿波丸のことを知っていた何人かの証人、最後に、たった一人の生き残りである下川勘次の、あてのない帰国を待つよりほかに、方法がないことを、知っていた。この滑稽な慰霊祭に、長くいる必要は少しもなかったようであった。

「何かわかりました?」と、高須が、市兵衛町へもどったときに、敦子はきいた。

「何も」と、高須は答えた。「もう少し待ちましょう」

「何もかも、もう、どうでもよくなりそうで、心配ですわ」

「あなたの気持が?」

「ええ」

「それはいけない」と、高須はいった。「敦子さんは、少なくとも、僕と、約束したでしょう?」

「でも、阿波丸に、乗っていたかどうか、わからないひとの家族の方が、事実を知りたいと思うのは当たり前です。でも、守屋は、まちがいなく阿波丸に乗っていたんです。そして確実に、死んでいます。信じようと、信じまいと、それは本当なんですわ」

「だから、真相をつきとめる必要はない、というのですか?」

「何が、あたしを動かしたんでしょう」

「いいですか」と、高須はいった。「みんなが、あきらめてしまったら、何も発見されはしない。アメリカ政府と、日本の外務省の話し合いで、阿波丸の事件は、政治的に処理されるでしょう。しかし、二千人の非戦闘員が、理由もなく殺された、ということは重大なことなんですよ。そのために、あなたと僕は手をにぎったはずです」

「わかっています。——少し、疲れたんですわ」

「元気を出してほしいな。戦争中、僕たちは、いやおうなしに、一つの組織の中に押し込められ、その組織が東へいけば、僕たちも東へいき、西へいけば、西へいかされた。僕たちは、自分の生活の周囲一メートルぐらいの範囲を見ていれば、それですんだのです。しかし、これからは、そうはいかない。僕たちは自由です。自由だということは、自分の意志で、生活しなければならないということです。僕は、忘れることもできた。阿波丸のことなんか、過去のことで、阿波丸で死んだ人も、戦地で死んだ人も、少しもかわりはない。これは戦争のためだったと、考えることもできましたよ。しかし、自由には、社会的義務がともなう。この不可解な謎をとくことが、自由に付随した義務だと、僕は考えている。間違ってはいないつもりです」

「ええ」

「まだ、元気が出ませんか?」

「…………」

「今日の、敦子さんは、きれいだった。——ただしこれは、僕の個人的な意見です」

敦子の頰に、そのときやっと、微笑が浮かんだようであった。夜更けに、高須は、低い嗚咽の声をきいたように思った。高須は、敦子の部屋へ行くべきではないと思い、泣けるだけ泣いた方が、敦子の気持をかえるのに役立つだろうと思った。

十

冬になると、焼跡の景色がかわった。人間の背丈ほどのびていた夏草が、枯れると、高台の守屋敦子の家から、富士山が見えた。焼跡は、はるかにひろがり、高い建物がないから、西の方は、夕陽が、地平線に沈むまで、眺めることができた。食糧のない寒さは、身にこたえ、敦子は、風邪をひいて寝た。冬は、自家菜園からとれるものはあまりないから、配給物で暮らすよりほかに、仕方がなかった。

「痩せましたね」と、高須はいった。「一日、田舎へいって、薯でもかついで来よう」

「すみません。いじわるをしているわけではないの。ほんとうに、食べるものがないんです」

高須は、社の帰りに、方々にできている闇市から、さまざまなものを買って帰った。高価であったが、生命にかえられない。高須の月給は、全部、闇物資になった。行くところへ行けば、牛肉も、チョコレートもあったが、敦子は、アメリカのチョコレートには、手をつけなかった。

「こだわることはない」と、高須は、そんなとき言った。「それと、これとは別問題だ。アメリカ兵がね、煙草を持っている。大人も子供も、アメリカ兵の周囲に集まってくる。アメリカ兵が、煙草を二、三本投げると、人たちは、ばったのように飛びついて、煙草の奪い合いをするんですよ。――馴れてしまった。それが、いまの日本人だ。日本人が、闇米を背負ってくる。同じ日本人が、からだを売ったり、着物を売ったりして、それを買ってゆく。日本には政治家は、ひとりもいなくなってしまったようです」

「政治のせいでしょうか?」

「多分ね」と、高須は答えたが、自信があるわけではない。ほかに、どう考えたらいいのか。

熱が出ても、医者はおらず、薬もなかった。薬屋はあったが、アスピリン一箱買うためには、薬屋がほしがっている品物を持って行かなければならなかった。高須は、人を通じて、進駐軍の薬を手に入れようかと思ったが、敦子が、その薬を拒否しそうなので、やめた。米は、二人が、一日に茶碗いっぱいだけ、粥にして食べる分があったが、粥にすると、べんとうにして持って歩けなかったので、全部、敦子に提供した。高須は、芋の焼いたのを二本、毎日、ポケットに入れて出社した。

「まだ、何かニュースは、はいりません?」

戻ってくると、敦子は、熱のために赤くなった顔を、手拭でひやしながら、きいた。

「まだです。しかし、間もなく、——僕も保証はできないが、何かわかってくると思う。それよりも、病気をなおすことだ」

そして、二人が待っていた日は、年があけて、昭和二十一年の二月に、とうとうやって来た。

「下川勘次が」と、ある日、高須はいった。「東京へ帰って来たんです。総司令部は、何も発表していないが、外務省は、知っているらしい」

「そのひとは、どこにいるんですか？」

「グアムからテニアン島をへて、飛行機で、横須賀に着いた。そのまま、総司令部へ呼ばれて、マックと会見したようです」

「今は？」

「理由はわからないが、丸の内ホテルにいる。しかし、面会は許されていない」

「会う方法があるでしょうか？」

「人に頼んであるが、——何ともいえない。仲間に聞くと、MPががんばっていて、中へはいれない。しかし敦子さん、下川勘次が日本へもどって来た、ということは、未来がひらけたことですよ。いつまでも、丸の内ホテルにいるわけはないから、そのうち出るでしょう」

「でも……」

「でも、何です？」

「…………」

敦子は、そのとき何か考えたようであったが、何も言わなかった。そして実際には、二人だけが、下川勘次に会う方法を考える必要はなかったのだ。外務省があっせんして、阿波丸犠牲者遺族と、生き残りの下川勘次との会見が実現した。場所は、田村町の日産会館の二階であった。そのことを知ってから、敦子は、少し元気になり、熱もさがった。会いに行きたいという気持が、敦子を快癒にみちびいたようであった。

「今度も、いっしょに来て下さいますわね」と敦子はいった。

「行きますよ」と、高須は答えた。「今度の方が、重大だが、慰霊祭より、どれだけ気が軽いかわからない」

その日は、冷たい雨が降っていた。高須は、敦子の病気のために心配したが、大丈夫だというのを、とめるわけにもゆかなかった。

会場は、人でいっぱいであった。しかし、果たして何人が、生き残り生還した下川勘次から、死んだ父や、兄や、良人の死に際のことを聞くことができると期待していただろうか。

下川勘次の顔を見たとき、高須は、一種の昂奮を感じた。頰の肉が落ち、もともと肥満性ではないにしても、コックは、疲れ、病んでいるかのように見えた。

下川勘次は、まず聞きとりにくい言葉で、自分だけが生き残ったことを、詫びた。そのことには、ほとんど、何の意味もない。

「四月一日の夜、阿波丸船上で、パーティーがあり、酒が出ました。十時ごろ、そのパーティーは、終わりました。私はコックなので、そのとき、船が、どの辺を、どのくらいの速力で走っていたか、知りません。あとで、十九ノットときめられていたことを知りました。船はすべての燈をつけ、真昼のような明るさでした。阿波丸が、安導券を付与され、安全だということは、シンガポールを出港してから、昼間はずっとアメリカの飛行機が上空を飛び、夜は、たぶん、潜水艦が、近くの海域をついて来たことでもわかります。

四月一日の夜、私はその晩、当直だったので、眠ってはいませんでした。十一時半ごろ、突然、衝撃を感じ、爆発音をきき、あわてて甲板へ出ようとしましたが、すぐに二度目の衝撃があり、そのとき、電気が全部消えました。どうやって甲板まで出ることができたのか、覚えておりません。気がつくと、重油の海の中でした。何かが、ものすごい勢いで、海中から、暗い空へ向かって飛びあがっていき、それから、大きな音をさせて、落ちてきました。私は、ふたたび気を失いました。

そのつぎに気がついたのは、アメリカの――もちろんこれも、あとでわかったのですが、潜水艦の中だったのです。私は、そのまま、どこかの島へつれていかれ、今度もどって来るまで、キャンプに収容されていました。

たいへん残念なことですが、私は、コックなので、航海中、乗客に接することがほとんどなく、今日ここにいらっしゃる方のお望みになるような話は、なに一つできないのです。大部分の方が、シンガポールから乗船された方ですが、これが、どういう方々であるか、私は少しも知りませんでした」

下川勘次の話は、そこに集まっている人たちと、まったく何の関係もないことのようであり、そのあとで、いくつかの質問が、下川勘次に向かって投げかけられたが、それに対しても、彼は満足な答えをすることができなかった。

問　阿波丸は、シンガポールで、戦時禁制品を積んでいたか。
答　わかりません。私は、コックでしたから。
問　シンガポールで乗船した人について、何か知らぬか。
答　知りません。ただ、コックであり、乗客の食事のお世話をしていましたから、帰航時の阿波丸に、だいたい二千人の人が乗っていたことだけは言明できる。
問　阿波丸は、アメリカ側のいうように、予定の航路をはずれていたか。
答　それもわかりません。
問　魚雷は、何発だったか。
答　二発です。またたく間に沈没しました。
問　ＳＯＳは。
答　たぶん、発信する余裕はなかったと思います。
問　沈没後、海中にいたのは、あなた一人だったか。
答　なにしろ浪があったので、よくわかりませんでした。
問　霧は、あったか。
答　覚えていません。

問　阿波丸は、溝水艦から、停船命令はうけなかったか。
答　よく知りませんが、沈没が突然であったことから、停船命令はうけなかったと思います。
問　乗客名簿を、見なかったか。
答　見ていません。
問　なぜあなたは、突然に帰国できましたか。
答　わかりません。突然、アメリカ軍の基地司令官といっしょに、飛行機にのせられ、テニアンから木更津、追浜、横須賀を通って、東京へかえってきた。
問　帰国後、すぐに釈放されなかったのはなぜか。
答　それも、私にはわかりません。昨日、総司令部に呼ばれ、マックアーサー元帥に会いました。
問　元帥は、何といったか。
答　虐待されなかったか、と聞かれたので、そんなことはなかった、と言うと、元帥は握手をして、それはよかった、何でもしてもらいたいことがあったら言え、と言われましたが、とっさに何も思い浮かばなかったので、何もありません、と答えました。
問　これから、どうなるのか。
答　外務省のあっせんで、もう一度、遺族の方と会い、月末ごろ、釈放してくれると、聞いています。

十一

「結局、何もわかりはしない」と、市兵衛町へもどってから、高須はいった。

「あのひとは、守屋とは、会っていませんわ」と、敦子は、失望していた。

「たぶん、下川勘次という人は、嘘はいっていない。しかし、知っていることを、全部、話してもいない」

「それは、どういうことですの？」

「遺族に言うべきことは、本当に、何も知らないだろう、と言ったのです。しかし、遺族とは関係はないが、これからしようとしている、僕たちの仕事に関連のある部分、つまり、彼が潜水艦に救い上げられてからのことは、わざと、何も言わないんだ」

「簡単すぎたわね」と、敦子はうなずいた。

「でも、今日のような立場では、言う必要がなかったでしょう」

「敦子さん。僕は今日、下川勘次のいったことを、全部メモしてきた。明日、もう一度、行ってみます」

「…………」

「あなたは、行っても仕方がないでしょう」

高須昌宏は、そのことを、最初から計画してしたのではない。会場の目と耳が、下川勘次の、質問に対する答えのかたちをとったとき、高須は、新聞記者になり、ポケットから、ザラ紙と鉛筆をとり出して、下川勘次の言葉を、克明にノートしたのだ。

同じ催しが、さらに翌日も持たれ、別の遺族たちとの会見が、日産会館でひらかれたとき、高須は、もう一度、下川勘次の話をききに行った。

戻ってくると、高須は、二つのメモを、守屋敦子の前においた。

「ほとんど、同じ話をしている。しかし、ここだけが違うんです。質問の仕方で、こうなったのかとも思ったが、そうではない。いいですか。ここを見て下さい。これは昨日の分です」と、高須は、指でおさえた。

問　沈没後、海中にいたのは、あなた一人だったか。

答　なにしろ浪があったので、よくわかりませんでした。

問　霧はあったか。

答　覚えていません。

高須は、今日、書いてきたメモの方をおさえた。

問　沈没後、助けられたのは、あなた一人でしたか。

答　重油の海の中で気がついたとき、助けを求める何人かの人の声をききました。そのうち、私は、黒い船の姿を見ました。ああ、助かる、と思ったとき、ふたたび気を失ったのです。あとで聞いたところによると、私は、大浪に打ちよせられ、潜水艦の潜望鏡にひっかかったのだそうです。

問　霧はありましたか。

答　私が、潜水艦の姿を認めたくらいですから、霧はなかったと思います。

「違っているでしょう」と、高須はいった。「昨日は、浪でわからない、といい、霧についても、覚えていない、と答えているが、今日は、何人かの人が助けを求める声を聞いたといい、霧はなかった、といっている」

「…………」

「記憶が、正確でなかったというより、下川勘次の心に、何かが、働いていると考えた方がいい」

「何か、とは？」

「おそらく、彼は、正確なことを言わないように、命令されているんだ、だれかに。それで、彼は嘘をつき、矛盾したことを言っていた。下川勘次に、ＭＰがついて来ていたのを、知らないでしょう。彼は、ＭＰのジープで、丸の内ホテルから、日産会館まで、送られてき、また戻って行ったのですよ」

「…………」

「緒口が、つかめたような気がする。彼が、なぜ、口止めをされたか、何を言ってはならないと言われたか、——それをさぐり出すことによって、事件は多分、もっとはっきりしたかたちをとるでしょう」

「どうなさるおつもり？」

「僕は、新聞記者だし、相手は警戒するだろうし、アメリカ側は、かりに下川勘次を釈放してからも、監視はするだろう、と思う。敦子さんにやってもらうより仕方がない」

「あの人に会いに行きますの？」

「そうです。少しほとぼりがさめてからね」と、高須はいった。「だいいち、今度の事件で、遺族会のようなものが結成されないのもおかしい」

「外務省がついているからですわ」

「賠償金も、見舞金も、出ていないのですよ。こういう場合、外務省に対して、結束してそれを要求するのが常識です。もちろん、アメリカ側が、どう出るかによっては、遺族会をつくってみたところで、どうにもなりはしないかも知れないが……」

「二千人という人たちが、だれとだれなのか、それさえわかっていないんですわ」

「奇怪なことだ」

「夜の台湾海峡の、重油の浮いた海に、あの下川勘次という人一人が浮かんでいたのか、もっと沢山の人が泳いでいたのか、どっちが本当なのでしょうか」

「かりに二発の魚雷が、阿波丸にとって、致命的な部分に命中して、瞬時に沈没したにしても、下川勘次が助かるものならば、だれか、ほかの人だって、海へほうり出される、と考えた方が自然です」

「あたし、船の構造を、よく知りませんけれど、船室や、船艙にいる者はともかくとして、甲板に出ている人だっていたでしょう。バーティーがあって、終わったのが十時ごろだとすると、沈没するまでの時間は、一時間半ですわ。台湾海峡の四月というのは、かなり暑いのでしょう。だれもかれもが、その一時間半の間に眠ってしまったとは、考えられませんわ」

「そういうふうに考えると、そのアメリカの潜水艦が、なぜ、一人だけを助けたのか、ということに、何かの意味があるような気がしてくる」

「下川さんが、何かが、海中から、すごい勢いで飛び上がって、落ちてきた、というのは、何でしょう？」

「もちろん、積荷ですよ」

「積荷が自然に浮かんだのに、人間は、一人も浮かんで来なかったんでしょうか。――つまり、昨日の証言の方を信じるとすれば、ですわ」

「敦子さん」と、高須はいった。「僕たちは、もう、想像をする段階ではない。事実を、知らなければならない」

「黒い顔を」と、敦子はいった。「黒い顔をした守屋の夢を見そうですわ」

「実際、助けをもとめた何人かの人の中に、守屋さんがいたかも知れない」

「どっちが苦しかったでしょうね」

「僕には、わからない。しかし、苦しみをともなわない死なんて、考えられない」

「あなたが、いいとおっしゃる時が来たら、あたし、下川さんに逢って来ます」と、敦子はいった。

「無駄でも、してみるつもりです」

十二

一度ひいた風邪が、ぬけきらないうちに外出したのが、悪かったようである。日産会館で、遺族たちが、下川勘次に会見してから二、三日すると、敦子は発熱した。

「医者を呼びたいが、この近所には見当たらない」

「けっこうですわ。単純な風邪ですから、寝ていれば、直ります」

「薬も、手にはいらない」

「仕方ありませんわ」と、敦子はいった。

死ぬ奴は、さっさと死んでくれ、という時代であった。しかし、守屋敦子を、死なせるわけにはゆかなかった。薬がなければ、せめて、食べるものを手に入れなければならない、と高須昌宏は、手拭をしぼっては、敦子の白い額にのせた。額の上の手拭は、すぐにあつくなった。

「風邪だけならいいが……」

「風邪だけよ。生きていて、しなければならないことが、沢山ありますから」

「田舎へ行って、薯を背負ってきます」と、高須はいった。

夜になると、敦子は、うめいた。高須は、ほとんど一晩中、敦子の傍にいた。

「くらい天井を見ていると、いろんなことが、思い出されます。思い出す、といったら違うかしら。あたしの過去にはなかったものが、見えてくるわ」

「熱のせいだ」

「だれかが、そばにいて下さる、ということが、こんなに心丈夫だとは、思いませんでした」

「いつだって、ここにいますよ。眠るんだ」

敦子は、眠ってはさめ、さめては眠っているようであった。少し痩せた。

「下川さんは、まだ、ホテルにいるんでしょうか？」

「いますよ」

「釈放されたら、自分の家へ帰るかしら？」

「多分ね」

「そしたら、たずねて行きましょうね」

「そうしよう。しかし、あなたは心配しないでいいんだ」

「高須さんは、あまり社を、お休みになってはいけませんわ」

「一日に一度は、仲間に電話をかけている。下川の動静に変化があれば、すぐにわかります」

「そう」

「早く、なおることだ」

「守屋が、テニスの試合をしたとき、多分、こうだったのね。まっかな顔をして、苦しそうだった……」

「苦しいのですか？」

「あついんです。苦しくはないわ」

「一ヵ月分の配給米を、おかゆにすると、三食分くらいしかない。それで、一ヵ月喰いのばせというのが、いまの日本だ。アメリカ兵が煙草を投げると、飛びつき、争って奪い合う。食糧のために、女はからだを投げ出す。仕方のないことだ」

敦子は、しかし、そのことに対して、批判めいたことは言わなかった。育ちがいいためか、あきらめているか、どちらかであった。

高須昌宏が、清瀬村にいる古い友人のところへ薯をもらいに行ったのは、まだ、霜のおりる冬の終わりの朝であった。友人は戦場へ行ったきり戻っていなかったが、その父親と母親が、高須をおぼえていてもてなしてくれた。

「御無心に来たのです」と、高須はいった。「少しでいいのですが、米でも、薯でも、ゆずって下さいませんか」

「米は、うるさいが」と、老人はいった。「薯なら、おわけできます。東京からずいぶん買いにくるが、ひとによっては、お金や、着物と交換して、急に金持ちになった百姓がいる。私は、しなかった。貯蔵用の薯を、出して来ます」

リュックサックにいっぱいだけ、高須は、まだ泥のついたさつまいもを、ただでもらった。金を払おうとしたが、友人の父親は、金を受けとらない。

「そのかわり」と老人はいった。「息子のことがわかったら、知らせて下さい。最後に手紙をもらったのは、中支です。それっきり、手紙も来なかったし、戦死の公報も来ていません」

「できるだけのことはしましょう」と、高須は、友人の所属部隊をきき、最後の手紙を見せてもらった。手紙には、

新しい作戦にくわわるために移動します。多分、当分は手紙も書けないでしょう。落ち着いたら書きますが、それまでは、そちらからも手紙を出さないで下さい。出しても、自分の手にはいりません。健康を祈ります。

軍事郵便の、赤いスタンプの色が、黒ずんで見えた。

馴れていないので、薯の重さが、肩の肉に喰い入るようであった。それを、どさりと、縁におろしたとき、敦子が、顔を出した。

「重かったでしょう、高須さん」

「重かった。しかし、これで当分は、食べるものがあるわけだ」

「いたまないようにするには、どうしたらいいの？」

「ほんとうは、ふかして、薄く切って、乾燥いもにするといいんだが、――洗って、ほしておけばもつでしょう。このくらいだったら、二人で、一週間くらいしかもたない」

熱のある敦子に、水を使わせるわけにはゆかないので、高須は、かついできた藷を洗い、陽のあたる緑に並べた。藷は紫色に見え、兵隊のように並んだ。不思議なことに、その藷たちの持っている表面の紫色は、家々が焼きはらわれてから、敦子の家から見える、遠い山なみの色に似ていた。

「何を見ていらっしゃるの？」

「人間がね」と、高須は答えた。「こうして、きわめて単純な方法で、自分たちの食糧を手に入れて眺めていることに、感動しているんです」

「詩人になりになればよかったのよ」

「人間というものは、なりたいものに、なかなかなれないものですよ」

「あたしも、文学少女でしたの。でも、いま、こうしているあたしにとって必要なのは、詩でも、絵でもないわ。もっと現実的な……」

「誰が、誰を殺したか」

「熱が、少しさがったように思います」

「どれ」といいながら、高須は、敦子の顔に触れようとして、やめた。高須の掌は、泥と水であった。

「手を、お洗いになって」

「忘れていた。しかし、ついでに、何か喰べるものをつくってしまおう」

「………」

手を洗ったついでに、台所の棚をかきまわすと、ウドン粉が少しあった。高須は、鍋に水を入れて火を起こし、今日買ってきた薯を一つだけ輪切りにし、鍋の中に入れた。薯の煮えたのご存知ないか、という意味もない言葉が、高須の頭の中を走りすぎた。

「豆だったかな」

薯が煮えたとき、ウドン粉をといて高須は、それをさじで鍋の中へ落とした。だしがとれないのが残念であった。

「こんなものを！」と、敦子は、びっくりした。

「独りぐらしが長かったから」と、高須は笑った。

「新聞社では、すいとんのつくり方も教えてくれるの？」

「戦争が、教えたんだ」

「………」

「多分、あなただって、戦争がなければ、自分で食事をつくることはなかったでしょう」

「………」

「人間が、生きて行かなければならないことを、殺し合いが、教えた。ね、そうでしょう。

たくさんの人が、死んだ。だから、僕たちは、生き残らなければならない」

「高須さん。教えて下さい。何が、あなたを、こんなにしたんですの？　あなたは、誰を、戦争で失ったの？」

「まだ言えない、といったはずだ」

「いつ？」

「この事件が終わったときに」

高須昌宏は、丼に入れたすいとんの中へ、敦子のひとすじの涙が、落ちるのを見たようであった。

十三

〈阿波丸の生存者下川勘次氏、今日軟禁を解かれて釈放、渋谷の自宅へ〉

交換船阿波丸のコック長をしてゐた下川勘次氏（四五）は、昨二十八日、帰国後十日間の軟禁を解かれ、午後、丸の内ホテルを出て、渋谷区松濤の自宅へ帰った。下川氏は、阿波丸沈没後のことについて、何をたづねられても、忘れた、憶えてゐない、と何も語ってゐない。外務省では、連合軍最高司令部に対して、阿波丸犠牲者に対する損害賠償金について、交渉を続けてゐるが、事務処理になほ数ヵ月を要するものと見られる。（昭和二十一年二月二十九日、東京××新聞）

その記事は、きわめて、小さな記事であった。社会面の片隅に、小さく出ただけであった。見落とした人が大部分であったに違いない。しかし、敦子は、見つけた。高須が、社からもどったとき、敦子は、その記事を膝の上にひろげて、目を輝かせていたようであった。

「会いに行きますわ」と、敦子は、新聞から目をはなさずにいった。

「そのことだが」と、高須はいった。「じつはこの前、慰霊祭のときに会った青年がいて、それが今日、社へたずねて来たんです。益田君という、兄貴が阿波丸に乗っていた人です。いっしょに行きたい、というから承知した。敦子さんは、このつぎにして下さい。あまり大勢で行くのも相手を驚かすし、だいいち、あの調子では、何も言わない。知りたいことを、紙に書いてくれませんか?」

敦子は、いっとき失望したようであったが、すぐに鉛筆を持って、書いた。

一、守屋に会い、話をしたかどうか。

二、便乗者または残留者のだれかから、何か、――手紙のようなものを託されなかったか。

三、沈没したとき、海面には、何人くらいいたか。

四、なぜ、あなただけ助けられたのか。

五、阿波丸は、戦時禁制品や兵器、兵員をのせていたか。帰路の積荷は、何か。

六、シンガポール入港中はどうしていたか。

七、アメリカ軍の基地へ連れて行かれてからは、どうしていたか。
八、なぜ、急に帰され、丸の内ホテルに十日間もいたか。
九、現在、監視されているか。

「ずいぶん考えたものだ」と、高須は、敦子の書いた条文を見ていった。「敦子さんは、御主人のことだけを、知りたがっているのではないんですね」

「いまさら、どうして、そんなことをおききになりますの？」

「あなたは女ですよ。――しかし、まあいい。ともかく、聞けるだけ聞いてきます」

「どうぞ」

高須昌宏は、翌日、益田義夫と会ってから、渋谷へ、下川勘次をたずねて行った。ごみごみした、焼けあとのバラックの一つであった。そこをたずねあてるまでに、一時間かかった。

「下川さんに、会いたいのです。阿波丸の犠牲者の遺族です」

と、高須は、顔を出した女にいった。女は、四十歳くらいであった。

「失礼ですが、奥さんですか？」

「ええ。でも、勘次は、ここにはいません」

「いない、――じゃあ、どこにいるんです？」

「知りませんよ、あたしは」

「どういうことなんだ」と、高須は、益田義夫と顔を見合わせた。

「奥さんは、下川さんが、日本へ帰ってきていたのを、知っていらしたんでしょう？」

「はい」

「丸の内ホテルにいることも？」

「はい、一度、たずねて行ったんですが、ＭＰがいて、会わせてくれないんです」

「丸の内ホテルを出たことは？」

「新聞で見ました」

「ここへ帰って来るはずでしょう？」

「そう思っていたんです。でも、帰って来ていません」

「…………」

下川勘次の妻は、嘘をいってはいないようであった。

「心当たりはありませんか？」

「ありません。でも、船乗りですから」

「どういう意味です？」

「べつに」

そして、下川勘次の妻は、何もいわなくなった。それ以上のことを、このひとからきき出すことは、あきらめなければならないようであった。

通りへ出てから、高須はいった。

「僕の失敗だ。丸の内ホテルへ張り込めばよかったのだ」

「それは、不可抗力ですよ。しかし、彼は、どこへ行ったんだろう」と、益田義夫はいった。

「外務省が知っている下川勘次の住所は、ここなんでしょう?」

「そうだ」

「帰らないとすると、また、どこか別のところへ連れて行かれたんだ」

「アメリカに、か?」

「そうとしか考えられません」

「そうだとすると、われわれには手が出ない。たぶん、外務省にしても、日本の警察にしても」

「困りましたね」

「丸の内ホテルへ行ってみようか」

「そうですね」

二人は、丸の内ホテルへ行ってみた。もちろんそこでも、下川勘次の消息は、わからない。MPが手伝って、引きはらった、という話であった。

「行く先は?」

「知りませんねえ」

「そのMPは?」

「戻って来ないようですよ」

「野村大使と、来栖さんは、まだいるのかね?」

「いらっしゃいます。しかし、下川さんをお探しなら、野村さんにお会いになっても無駄です。下川さんは、ここでは、だれとも、話をするのを禁じられていました。食事も、お部屋へ運んだのです」

「そのボーイさんは？」

「おりますが……」

「呼んで下さい」

若いボーイが連れて来られたが、徒労であった。ボーイは何も知らない。

「しかし、何か、態度とか、ひとりごととか、変わったことはなかったかね？」

「無口な人でした」とボーイは答えた。「それに、私たちは、用事以外に、話をしてはいけないと言われていましたから」

「彼は、普通だった？」

「普通、と申しますと？」

「たとえば、……病気のようだとか、錯乱していたとか……」

「いいえ。ただ、夜、うなされていたのを、一度見ました。廊下を通りかかったときに、うめき声を聞いたのです。合鍵ではいると、ベッドの上で、苦しんでいました。起こすと、びっくりして、――それは、錯乱ではありません。キャンプのときの夢を見たのだ、と言っていました。私的な話をしたのは、そのときだけです」

「ありがとう。ここを出て行くとき、嬉しそうだったかね？」

「いいえ。相かわらず、無表情でした」

「うなされた、といったが」と、益田義夫が、口をはさんだ。

「それは、何日の夜？」

「覚えていませんが、たしか、遺族の方たちと会った日の夜です」

「…………」

「久しぶりで、日本人と会って、昂奮なさったのでしょう」

「ありがとう」と、高須は言った。

このままでは、敦子に合わせる顔がないが、どうしようもなかった。高須は、益田義夫を、敦子の家へつれてもどった。敦子は、蒲団をたたんでいた。

「無駄足だった」

「どうして？」

「下川勘次の行方がわからない」

「どうしてですの？」

「わかりません。神隠しにあったようだ」

「高須さん」と、そのとき、益田がいった。

「下川勘次のことは、あなたに、おまかせします。僕は、別の方法をやってみます」

「別の方法とは？」

「僕の兄が、シンガポールで、阿波丸に乗ったとすれば、それを知っている人が、どこかにいるはずです。それに、手紙をあずかって帰った人に聞けば、何かわかるかも知れない。——僕はもちろん、僕の兄貴の安否を知りたいんだが、しかし、シンガポールでの阿波丸のことがわかれば、阿波丸が、帰路に、戦時禁制品を積んでいたかどうか、つかめるでしょう。下川勘次が、このあいだ証言した、積荷が、海中から空高く飛び上がって落ちてきた、というのが本当だとすれば、——それは生ゴムの梱包ですよ」

「生ゴムは、戦時禁制品か？」

「そうです」

益田義夫の思いつきは正しい。高須は、その方面の調査は、益田にまかせることにした。益田が帰って行ってから、高須は、

「最初から、やり直しだ」といった。「僕たちは、相手をあまく見すぎていたようです」

「相手……」

「誰だか、わかりませんがね」

「…………」

「鍵は、ひとつしかない。その鍵は、下川勘次が持っている……」

「新聞記事に、下川勘次が、何をたずねられても、忘れた、憶えていない、と答えた、と書いてあったけれど、——新聞社の人は、渋谷へ行ったのでしょう？」

「いや、丸の内ホテルを出るときに、記者会見をしているんです。僕は、そのとき行くべきだったのです」

「帰宅を許された、というふうに見せて、また別のところへ軟禁される、ということが、ありますかしら?」

「甘く見すぎた、といったのは、そのことですよ。そのとき尾《つ》ければよかったのです。しかし、丸の内ホテルのボーイに、おもしろいことをきいた。例の、遺族との会見の夜、下川勘次は、ひどくうなされていたというのです」

「………」

「その夜にかぎってうなされたというのは、新しい圧力が彼にかかったか、遺族との会見のときに、彼が嘘をついたのか、どっちかです」

「嘘、――でも、あのとき、彼は、何も言わなかったわ」

「遺族のことに関しては、ね。しかし、沈没時の状況については、しゃべっている。しかも、矛盾したことを」

「………」

「益田という青年を、仲間にしましょう。彼は、頭が働くし、活動的だ」

「でも、それは、お兄さんのことが、わかるまでのことじゃないかしら?」

「話してみなければわからない。死んだ、と思われるのだし、実際に、もどって来ていないのだから、生死の問題だけなら、彼はもう手を引いているはずです。僕が見たところでは、彼は、それがなぜか、ということに興味を持っています。話し合えば、協力してくれるでしょう」

「味方が一人ふえたわけね」と、敦子はいった。

「もう、寝ていないでいいのですか?」

「なおりましたわ」と敦子は微笑した。微笑のかげに、敦子の決心がかたく結ばれているのを、高須は見た。

十四

高須のところへ、益田義夫から連絡があったのは、気温がぬるみはじめるころであった。デスクの電話が鳴ったとき、高須には、予感があった。

「高須だ」

「益田義夫です」と、相手はいった。少し、せきこんでいるようであった。

「何か、わかったのか?」

「そのことで、至急、お目にかかりたいのです」

「どこで?」

「人間をひとり、見つけたのです。僕はいま、復員局にいますが、日比谷あたりで……」

「じゃ、公園のベンチにいる。池の前だ」

「すぐ行きます」と、益田は電話をきった。

日比谷公園で、とは、とっさに出た言葉だったが、高須は、電話をきってから、苦笑した。

日比谷公園は、女と、逢う場所ではなかったか。

陽ざしには、春の感じがあった。約束のベンチに腰をおろすと、茂みの上に、連合軍総司令部の建物が見えた。アメリカの国旗と、国連旗が、はためいていた。

「僕の兄貴の」と、益田義夫は、挨拶ぬきで、話しはじめた。

「手紙を持って帰った人に会って、当時のシンガポールの軍の編制をきいたのですよ。その結果、復員局で調べると、連中、帰国しています。港湾関係の仕事に関係のあった人の名簿をさがしているうちに、——つまり大部分は、東京にはいないのですが、一人だけ、当時、つまり阿波丸が寄港したころに、見習士官だった小野という人が、東京にいることがわかったんです。その人に会ってみませんか?」

「その男は、何をしている?」

「わかりません。たぶん闇屋でしょう。しかし、自宅がわかっています」

「行こう。どんな小さな手掛かりでも、この際、当たってみなければならない。どこ?」

「世田谷の奥です」

立ち上がったとき、高須は、なぜ、総司令部の屋上には、日本の旗がないのだろうか、と思った。

わかりにくい街であったが、焼けていないだけ、幸運であったといえないことはない。たずねあてた家の玄関に、小野信一、という標札が出ていた。

「小野さん、いらっしゃいますか?」と、高須が、出てきた若い女にいうと、女は奥を向い

て、

「お客さまよ」といった。

小野信一は、まだ二十代であった。復員服を着ており、一日で、軍人あがりと知れた。

「シンガポールにおられたときいて、伺ったのです」

「いました。しかしあなた方は？」

「阿波丸の遺族なのです」

「お上がり下さい」と、小野はいった。

うすい座蒲団に坐ってから、小野は、

「よくわかりましたね」といった。

「復員局で調べてもらったのです」と、益田義夫がいった。とりあえず、ここでは、益田が主役のようであった。

「阿波丸のことで何か知っておいでなら、話していただきたいのです」

「知っていますよ」と、小野は腕を組んで、目を閉じた。

「忘れたいことばかりだが、知っていることを、お話しましょう。私は、昭和十九年六月一日に学徒出陣で、熊谷の飛行学校へはいり、十一月まで、赤とんぼの訓練をして、それから奈良の整備学校へ行ったんです。そうしたら十一月二十三日付で、南方軍要員として、第三航空軍、――つまりシンガポールへ行くことになった。しかし、行ってみると、飛行機はないし、毎日、何もすることがないのです。

そう、たしか三月下旬だったと思う。私は、兵隊を二百人ほどあずかって、昭南市の郊外にいたんですよ。そしたら、昭南第三方面軍の、——これは正確には調べてみないとわかりませんが、船舶司令部から電話があって、手のあいた見習士官と、兵隊をできるだけたくさん、ケッペル・ハーバーへよこしてくれ、という命令なんです。吉田大佐という人の指揮下にはいれ、というんです。私は、百五十人の兵隊をつれて、港へ行きました。そのとき埠頭に横づけになっていたのが、問題の阿波丸です」

小野は、はっきりとした、曇りのない口調で、ひといきに、そこまでしゃべった。小野の言葉は、問題の一部に、鋭利な刃物できり込んで行く調子があった。

「そこで、何をしたんです?」

「荷役ですよ」と、小野はいった。「ふつう、船に荷をつみ込むのには、現地人を使いますから、変だとは思ったのです。もちろん、こっちは、そのとき、阿波丸が、どういう船か知りませんでしたが、煙突に大きく、緑十字のしるしを書いてあるのは見ました。私が吉田大佐のところへ行くと、倉庫に案内され、山のような積荷を見せられました。命令は、夜明けまでに、その荷を、船につみ込むことだったのです」

「内容は?」

「わかりません。しかし、梱包には、赤十字のマークがついていました。作業は夕方からはじまり、夜明けに終わりました」

「船に乗っている人を、見ましたか?」

「あとで、きいたことも含めてですが、阿波丸が、安全に日本へ帰れる最後の船だということを知ったのですが、私自身、それに乗れるはずはないので、大して関心を持ちませんでした。そういえば、その作業を、船客らしい人たちや、船員たちが、見ていたようです。しかし、暗くなってからは、わかりません。船の中は、静かでしたよ」

「港の側には、人はいませんでしたか？」

「縄張りをして、その埠頭には、だれもはいれないようになっていたのです。それで、作業が終わったのが、午前三時です。手がよごれていたので、船員をつかまえて、ガソリンをくれ、といったら、布にしましたのをくれました。たぶん、その人は一等運転士です。短い時間、話をしました」

「どんな？」

「この荷物は、何だろう、ということです」

「船員は、積荷の内容を知っていましたか？」

「想像ですがね。生ゴムがあったことは確かです。船員は、セレター軍港から、ハシケで持って来た水銀をつんだといっていましたが、私たちがつんだ荷の中に、キニーネや何かもあったと思います」

「弾薬や、兵器は？」

「ありません。これだけは確かです。しかし、一等運転士と話をしているときに、一等のサロンに、ピアノが二台ほど置いてあるのを見ました。ピアノとは、妙なものがあるものだ、とそのとき、奇異に感じたので、覚えているのです」

「ほかに……」

「思いつきでしたが、私は、ゴムのサンダルを、妻あてに託しました。私に自由になるものは、そのくらいしかなかったのです。もちろん、それは、妻の手許へは届きませんでしたが……」

「生ゴムや、水銀や、キニーネが、戦時禁制品だったことを」と、高須はいった。「ご存知だったのでしょう?」

「知っていました。しかし、当時の状況として、もし阿波丸が、最後の帰船になるなら、そのくらいの違反は当たり前ですよ。あとできいたことだが、ダイヤモンドも、かなりの量、積んでいたと思われます」

「乗客には、だれとも会いませんでしたか?」

「会っていません。おそらく、夜になってからは、船員も、乗客も、船室を出ることを禁止されていたでしょう」

「その、一等運転士の名前を、おぼえていますか?」

「忘れました。死んだのでしょう?」

「死にました」

「一人だけ、生き残りがいたとか聞きましたが……」

「コックです。しかし、彼は何も知らない。台湾海峡で、二発の魚雷をうけて、沈没したとき、彼だけ助かったのです」

「二発ですって？」と、小野は大きな目をひらいた。「あの船が二発の魚雷で沈むだろうか。――高須さんでしたね。いま、思い出したことがあります。もし、阿波丸が、二発の魚雷で沈んだとすれば、あの噂は、本当だったんだ」

「噂とは？」

「信じがたいことなんですがね」と、小野は、ふたたび目をとじて腕を組んだ。

小野信一が、いっときして口をひらき、その唇から出た言葉を聞いたとき、高須は、強い衝撃をうけた。

「信じがたいことなんですがね」と、小野は、同じ言葉をくり返してから、こうつづけた。

「一等運転士が言ったことなんです、阿波丸には、自沈装置がある。ボタン一つ押せば、いつでも、みずから粉々になって、証拠をなくしてしまうことができる……」

「一等運転士が、そう言ったのですか」

「言いましたよ、はっきりと。はっきり、というのは、彼が、はっきりした言葉で言った、ということですが、その内容は、噂だというんです。彼も、それを見たわけではない」

「誰が、そんなことを……」

「きまってるじゃありませんか。軍ですよ」

「乗客は、何も知らなかったのでしょう？」

「もちろんです。船員だって、知っていたわけではない。おそらく、船長も」

「ボタンを押すと、あなたはおっしゃったが、誰が、そのボタンを押すのです？」

「高須さん。僕はいま、あなたから、阿波丸が、二発の魚雷で、またたく間に沈んだ、ということを聞いたから、もしや、と思ったのですよ。だから、これは、僕の想像にすぎない。だれも、見た者はいないのです。いや、どこかに、何人かいる。つまり、命令を下した者と、装置をつけた者と、——ボタンを押した者は、阿波丸といっしょに沈んだわけでしょう」

「そうすると、軍人が、民間人の服装をして、少なくとも一人は、阿波丸に乗っていたわけだ」

「多分ね」

「しかし、小野さん」と、高須はいった。「その自沈装置は、往路にもあったと思いますか？」

「それは、わからない。日本でつけたのでなければ、シンガポールだということになるが……」

「阿波丸は、出発前に、呉に、入港している」

「シンガポールで、それができなかったとはいえない」

「往路には、兵器と弾薬をつんでいたのです」

「しかし、そのときは、救恤品もつんでいた。たぶん、自沈装置は、行くときは、必要ではなかったでしょう」

「必要であったか、なかったか、ということは、自沈装置を、呉でつけたか、シンガポールでつけたか、ということとは、別問題ですね」と、小野はいった。

「常識からいえば、呉と考えられますね」

「しかし、シンガポールかも知れない」

「問題は、なぜ、自沈装置をつけたか、ということだ」

「そうです」

「帰路に、戦時禁制品をつむことは、最初からの計画だったのでしょう」と、高須はいった。

「もし、帰路に、アメリカの艦船から、臨検をうけそうになったら、自沈装置のボタンを、だれかが押す。──やりそうなことだ。しかし、それならなぜ、何も知らない民間人を、二千人ものせたのか」

「………」

「軍は、戦時禁制品をのせていたことを隠すために、二千人の生命を、犠牲にするつもりだった。計画的な殺戮です」

「阿波丸は、停船命令もうけなかったし、だから、もちろん臨検をうける危険もなかったのでしょう。しかし、──話を元へもどしますが、魚雷が、その自沈装置のある部分に命中したのですよ。おそらく。だから、同じことになった」

「もし」と、高須はいった。「自沈装置をつけていなかったら、二発の魚雷では、沈まなかったと考えられますか？」

「いずれにしても、沈んだでしょう。なぜなら、二発だけだったというのは、潜水艦が、阿波丸の沈没を確認したから、三発目を発射しなかったのだと、考えられるでしょう。二発で沈まなければ、三発目も、四発目も、喰ったはずです。僕がいいたいのは、しかし、そういうことではない。三発、四発の魚雷で沈んだのなら、――つまり、自沈装置がなかったら、もっと多くの人が、海上に逃げ出すことができただろう、ということなんです」

「その通りだ」と、高須は答えた。「悲しいことだが、あなたの想像、――あなたが、一等運転士からきいたというその噂は、事実のようだ。そうすると……」

「呉へ」と、そのとき、益田がいった。「僕が、呉へ行ってみます。もしかして、自沈装置について、知っている人がいるかも知れません」

小野信一と、再会を約して外へ出たとき、高須は、奇妙な感じにおそわれた。

「アメリカ、アメリカ、と、いままで思っていたんだがね」

「元兇は、日本にいた、というのですか？」

「まあね」

「しかし、それと、潜水艦の問題とは、別ですよ。強いていえば、元兇は、二人いたのかも知れない。戦争をしていたのですからね。でも、死んだ人間にとって、それは、どうでもいいことです。事実を、明らかにすることです」

「呉へ行ってくれるか」

「行きます。成功するかどうかわかりませんが……。高須さんは、下川勘次を、見つけ出して下さい。僕は、むしろ、明るい希望を感じていますよ。どんどん、外地から復員してくるでしょう。証人は、ふえる一方です。ただ、見つけ出すのが大変ですがね」

高須昌宏は、今日の発見を、どういうふうに、守屋敦子に話すべきか、ということを、考えはじめた。

十五

「まるで、神隠しにあったようだ」と、高須は、二度目に、渋谷の、下川勘次の留守宅を見に行ってから、敦子にいった。

「帰っていませんの？」

「見当もつかない」

「奥さんは、本当に知らないんですか？」

「本当に、知ってはいないようです」

「方法は、一つしかありませんわね」

「一つ、とは？」

「奥さんも知らない、ということを、あたしは信じられないの。本当に知らないのなら、向こうからあらわれるまで待つより仕方ありませんけれど、もし、奥さんが知っているとすれば、奥さんの行動を、見はっていれば、何かありますわ」

「下川勘次の留守宅へ張り込むのですか？」

「よそへ軟禁されていたとすれば、奥さんが、着替えくらい持って行くはずですわ」

「丸の内ホテルのときは、奥さんさえ、会えなかったのですよ」

「完全に解放される前に、もう一つの段階があるのかも知れないと、お思いになりませんか?」

「そりゃあ、可能性が、まったくないとは言えない。——敦子さんが、そうしたいというのなら、やりますよ」

「………」

「しかし、僕には、勤めがある。もし敦子さんの想像が当たっていると仮定して、あの奥さんが、新しいかくれ家へ行くのは、昼間でしょう」

「そうね。益田さんという人は、いつ、帰っていらっしゃるの?」

「呉の方のことが、早く片づけば……」

「昼間、あたしが行きますわ」

「そんなに、急ぐ必要があるだろうか」

「小野信一さんからおききになったことを、もうお忘れになって?」

「………」

「想像ですけれど、もしかすると、一時的な行方不明じゃないかも知れませんわ」

「どういう意味です?」

「自沈装置よ」

「何ですって！」

「だれかが、今度は、下川さんに自沈装置を仕掛ける、という場合が……」

「殺される、ということ？」

「考えたくはありませんけれど……」

「誰が、下川勘次を殺す、というのです？　アメリカは、彼を帰した」

「一応、つじつまを合わせるために、証言させたのでしょう」

「そして、消してしまう……」

「飛躍しすぎるとお思いになって？」

「…………」

「占領軍なら、どんなことだって、できるはずですわ。東京裁判で、阿波丸の問題が出てくると、困るのはアメリカですわ」

「…………」

「あたしの想像に、根拠がないと、おっしゃる？」

「わかった」と、高須はいった。「あなたの言うとおりにしましょう。それで、方法だが、一日、往来で見張っているわけにはゆかない」

「下川さんの家の見えるところに、部屋でも借りられないかしら？」

「明日、行ってみます」

「お金は、何とかしますわ。借りられるところがありますの」

高須は、そこまでは考えていなかった。しかし、敦子のいったことは、ぜんぜん根拠のないことではないようであった。もし、そういう考え方が成立するとすれば、下川勘次がいては具合が悪いのは、かならずしもアメリカだけではない。自沈装置のことを、もし下川勘次が知っているとすると、日本政府も、彼の存在が邪魔になるはずである。あるいは、個人的に、それを考える人間が、いるかも知れない。つまり、下川勘次は、危険な存在のようであった。

「敦子さんは、新聞記者になれますよ」と、夜になってから、高須はいった。

「小説家にもなれそうだと、おっしゃりたいんでしょう?」

「そして、検事にもね」

敦子は微笑したようであった。

「事件が片づいたら、――もし、あなたさえ承知なら、結婚しようかと思っていたが、やめた」

「………」

「これは冗談ですよ」

「高須さん」

「冗談だと言ったでしょう?」

「おこってなんかいませんわ。でも、そういうふうに言われると、悲しい。あたしの中に、まだ女がいるんですわ」

「………」

「おやすみなさい」

「おやすみなさい」

守屋敦子は、自分の部屋へもどった。そのあとに、かすかな香水の匂いが、ただよったようであった。

十六

渋谷の、下川勘次の家の、道路をへだてた都合のいい場所に、部屋を借りることができた。それは、奇妙な生活のはじまりであった。朝の八時と、夕方の五時に、敦子と高須は交代した。しかし、かりに敦子の想像が当たっていたとしても、下川勘次の妻が、夜の十二時すぎに、家を出て行くということは、まず考えられない。だから、高須が、下川勘次の家を見張らなければならないのは、夕方の五時以後の数時間と、朝早くの二、三時間だけであった。

八時になると、敦子が朝食を用意してやって来る。二人でそれを喰べて、高須は、社へ出勤した。夕方、まっすぐに渋谷へ行くと、敦子が、食事を用意して待っていた。食事といっても、朝は、いもがゆで、夕方は、手製の箱の両側に鉄板を入れ、その中に、ウドン粉のといたものと、こまかくきざんだいもをまぜて、電流を通してふくらませたパンであった。

敦子は、昼間の報告をした。下川勘次の妻は、ほとんど外へは出ず、ときどき、マーケットへ食糧をさがしに行くだけのようであった。根気のいる、退屈な時間が流れ、それは、果てしなく、永久につづくかのように感じられた。

益田義夫が不意に帰ってきて、新聞社へ来ずに、市兵衛町へ行くといけないので、市兵衛町の家に、渋谷の部屋のことを紙に書いて、はってきた。

「すっかり、春になってしまった」と、高須はいった。

「市兵衛町の焼跡に、草がのびはじめました」

「いつまで、この仕事をやるつもりですか？」

「何かが、わかるまで」と、敦子は答えた。

朝と夕方、一時間ずつくらい、二人はいっしょにいることができたが、ときには、敦子が、夜の十時ごろまでいた。そんなとき、高須は、不思議な気がした。

「市兵衛町に帰りたいな」と、高須はいった。

「退屈なさったのね」

「ほんの、少しばかりね」

「あたしの想像、違っていたかも知れませんわ。でも、何かが起こってから、後悔するのは、いやです」

「たとえば」と、高須はいった。「下川勘次の奥さんは、実際に何も知らない、そして、どこかで、下川勘次は消されていた、ということも、考えられないではない」

「もちろん、考えましたわ。でも、あたしたちにできることは、これしかなかったんです」

「そう。これしか、ない」

「もっとほかの、だれかの助けをかりることができたとお思いになって?」

「…………」

「でも、仕方がありませんわね」

「考えるのを、やめたんです。しよう、と思ったことをやるよりほかに、方法はない」

「門司で、あなたの方から先に、話しかけていらっしゃったんですわ」

「なぜ急に、門司の話なんかするんです?」

「あたしが、高須さんを、道づれにしたのではない、と申し上げているんですわ」

「連づれには違いないが、僕は、迷惑だとは思っていない。ただ、僕たちに許された方法が、これしかない、ということに、いらいらするんです」

「あなたにとっても、必要だと考えました」

「もちろんです。もう、変な話は、よしましょう」

ふっと、敦子の手がのびて、高須の手と重なった。

「あたし、わがままなんです」と、敦子はいった。

「僕も、わがままです」

「結婚なんて、できませんわね」と、今度は、敦子の方がいった。「冗談ですわ」

高須は、敦子を抱きたい、と思った。

「もう、帰った方がいい」

「駅までね」

「送って行こう」

「帰ります」

暗い道を歩き、それから、闇市が、苔のようにひろがっている昔の繁華街へ出た。駅で、敦子は、ふりかえらずに、歩いていった。

呉へいった益田義夫が、新聞社へたずねて来たのは、そろそろ上衣が邪魔になる季節になってからであった。

「なぜ、一度も連絡をくれなかったのだ?」

「すみません。何かを嗅ぎ出すまで、と思ったのです」

「それで?」

「駄目です。まったく手掛かりがない。ある特定の人間を探し出すことなら、もっと容易にできたかも知れないが、当時、軍港でなにかの仕事をしていた人間はいても、問題は、さらに、遠いところにあります。軍人は、ほとんど、呉、広島の人間ではないんです。爆薬にしろ、装置の機械とかにしても、民間から納入されたものではないでしょう。すでに、軍港としての痕跡すら、とどめていないのですよ」

「無駄だとは思っていた。シンガポールでやったことかも知れないのだ」

「門司へも、行ってみたんです」

「……………」

「お手あげです。——それで、こっちは？」

「君を、つれて行きたいところがあるのだ」

「どこですか？」

高須は、益田義夫を、渋谷の部屋へつれていった。益田は、その部屋に、守屋敦子がいるのを見て、かなり驚いたようであった。

「市兵衛町には、もういないんですか」と益田はいった。

「そうじゃない。その窓から見える。あの家が、下川勘次の家なのだ」

「何のために？」

「あれっきり、下川勘次の行方がわからない。奥さんも知らない。守屋さんは、それが嘘だというのだ。だから、交代で、こうして張り込んでいるんだ」

「待って」と、そのとき、敦子が制した。「出掛けるわ」

「僕が行きます。尾《つ》ければいいんでしょう？」と、益田義夫が、立ち上がった。

益田が出て行ってから、一時間たったとき、敦子が、

「高須さん。あの家の中を調べる方法はないかしら？」

「何のために？」

「手紙か、何か。——ずっと見張っていて、あの家へやって来たのは、郵便配達だけですわ」

「下川勘次の奥さんが外へ出たとき、ポストへ手紙を入れたのを見ましたか？」

「いいえ。一度も」

「それじゃあ、おそらく、何も来ていない」

「そうでしょうか」

「ともかく、あの家の中を調べるのは、むずかしい」

「たとえば、三人のうちのだれかが、奥さんを外へつれ出すということは？」

「その間に家の中へはいるのですか？」

「ええ」

「不可能ではないな。しかし……」

「法律をおかすことになりますわね」

「どうしてもと言うのなら、やってもいい」

「敗戦国にも、まだそういう法律がある、というのが、不思議な気がしますわ」

いままで、他人の生活や、家を、そういう目で見たことがなかった。法律は、たくさんの人がやぶり、方々でおかされていたが、それは高須にとって、やはり越えがたい壁のようであった。あの、いまにも倒れそうな、古い一軒の家でも、それはつねに、何かに守られているのだろうか。

益田義夫が、もどってきた。

「買物です。もう、帰って来ますよ」と彼はいった。実際、道を、下川勘次の妻が歩いてきて、家の中へはいった。

「さて、どうするかな」と、高須はいった。

「守屋さんのかわりに、僕が」と、益田がいった。「ここにいます」

「そうしてもらおうか」

「益田さんには、方々を歩いていただきたいわ」と、敦子がいった。「あたしも、来ます」

「二人が、三人になった」高須はいった。「二人よりも、三人の方が、いいにきまっている」

益田義夫の笑顔には、まだ子供のような無邪気さが残っているようであった。

十七

〔マ元帥、声明を発表。二・一ゼネスト中止、共闘、全闘組織をとく〕
官公争議は三十一日午後二時半、別項マックアーサー元帥の〝現下の日本ではゼネストは許さぬ〟との声明書が出たため、突入寸前でゼネストは回避された。この声明は政府対組合の対立が、三十一日午前二時二十五分、組合が中労委に対政府交渉の決裂を通告したあと、事態が最悪状態となっていたその最中に出たもので、その結果、全官公共闘では午後九時すぎから拡大闘争委員会を開催、同夜中に共闘、全闘の組織を解き、各組合の動向は、各自の自主性に委ねるという方針をとるに至った。国鉄総連はこれより早く、午後七時四十五分、スト中止の指令を出したが、組合によっては時限が切迫していたため、スト中止の伝達も徹底しない箇所の出るところもあると共闘では予想していた。一方、中労委ではストは中止されても争議はつづいているので、なお周旋につとめ、この日もマ元帥の声明の出る前から末弘会長代理と徳田、志賀両共産党代議士の間に懇談がつづけられ、この席上では、平均月収手取り千二百円の賃金建ても話されたもようだが、午後五時五十分から開かれた臨時総会では、中労委として今後も積極的にあっせんするとの方針を取決め、その結果、末弘氏は同夜中に吉田首相と会見、意向を伝えるとともに政府の見解をただした。

〔共産党声明〕

三十一日午後六時半、日本共産党は、「総司令部の声明はゼネスト中止を通告したのであって、合法的な目的貫徹のための行動の自由を制限したのではない。今回の問題は、労働者が飢餓からまぬがれるためにケッキしたのであって、組合は自己の当然の要求をかかげて政府または資本家に対して闘争をつづけるであろう」との声明を発表した。

〔公共の福祉を守るため。マ元帥声明〕

（二・一ゼネストに対し、マックアーサー元帥は、「労働組合指導者に向いゼネストに訴えることを許さず、よって中止方を命じた」と、三十一日、重大声明を発表した。総司令部三十一日午後二時半の特別発表によれば、右マ元帥の声明の全文は次のとおりである）

連合軍最高司令官として余に託された権限にもとづき、余はゼネストを実行せんとする労働組合の指導者にたいし、現下のごとく窮乏にあえぎ衰弱した日本の実状において、かかる致命的な社会的武器に訴えることを許さない旨を通告して、かかる行動をとらざるよう指令した。余はこうした問題で、かかる限度まで干渉しなければならないことを最も遺憾とする。余がこうした挙に出たのは、公共の福祉がいちじるしく脅かされるような致命的な衝撃を避けようとしたがためにほかならない。

現在、日本は敗戦国として、連合軍の占領下にある。日大の都市は荒廃に帰し、産業はほとんど停止状態にあり、国民の大部分は飢餓をようやく逃れている実状である。輸送と通信を不具状態にするゼネストは、国民を養う食糧と基礎的な公共事業の維持に必要な石炭の移動を困難ならしめ、現に運転中の産業を停止せしめるであろう。これによって必然的に生ずるマヒ状態は、日本国民の大多数を事実上の飢餓状態におとしいれ、その社会的階層のいかんを問わず、またこの基本的な問題に直接の関係の有るなしにかかわらず、あらゆる日本国民の家庭に恐るべき結果を生ずるであろう。

現在でも、米国民は日本の飢餓状態を救うために、その乏しい食糧の中から多量の食糧資源を放出している。このゼネストに関係のある人々は、日本国民の極く少数にすぎない。しかも、この少数の人々は、つい最近の過去において少数の人々が日本を戦争の惨禍に導いたために生じたと同じような状態に、大多数の人々をおとしこむことになるかも知れない。このことは、ひいては日本国民を少数派によって乱暴にもおしつけられた運命のままに任せるか、あるいは生活維持に必要な食糧、その他の供給物資を、自らの限られた資源を犠牲にして、必要以上に無限に日本に輸入して、この事態から生ずる結果を収拾するかどうかの不幸な決定を、連合国に押しつけることになるであろう。こういう事情のもとにおいて、余がこれ以上の負担を連合国民に要求することは、ほとんど不可能である。余はこの措置を緊急やむを得ぬものとしてとったが、これ以外には、今日まで正当な目的完遂のため、労働階級に与えられた行動の自由を制限する意図はない。また、この問題に関係ある基本的な社会上の問題に対して、妥協したり影響をおよぼしたりする考えもない。これらは日本が現在の悲惨な状態から次第に立ち上るにつれて、社会的な災害を起すことなしに、時と状況が方向を示してくれる進化の問題である。

（闘争すでに三箇月）

▽発端。十一月十日。全教組、教全連は、それぞれ教員の待遇改善を当局に要求、つづいて二十日全逓、二十六日国鉄総連が、いずれも生活権獲得要求をひっさげて当局にせまった。これと前後して全官公労協、全公連も政府に生活権確保を要求、これに対する政府の回答は抽象的なものであった。このため組合側は十二月一日、国鉄総連の闘争宣言を皮切りに、中労委への提訴に移った。

▽共同闘争宣言。十二月二日に行われた全国労働懇談会は、政府の誠意のない態度からみて、問題の根本的解決は現内閣打倒以外にはないとして、二日には全官公庁労組、国鉄総連、全逓、全官公労協、全公連は共同闘争を宣言、最低賃金六百円、越年資金千二百円（家族三百円）を中心に政府に要求書を提出、七日までに回答を求めた。これに対する政

府の回答は、最低賃金制の確立を給与審議会にまかせるとの態度を明らかにしたのみなので、組合側を納得させず、十七日労組懇談会、倒閣実行委員会の共同で倒閣国民大会が全国的に開かれた。

一方、中労委では十八日に調停案を発表したが、国鉄総連、全逓はいずれも二十八日に至って、不満の意を明らかにし闘争を決定、全官公労協もまたこれに同調し、ここに全官公庁労組が、こぞって共同闘争する態勢を確立した。
▽共闘態勢の確立。一月十一日、共同闘争委員会を組織し、ゼネストで政府と闘う声明を発し、十八日、歴史的なゼネスト突入宣言を発表した。共同の要求事項の中心は、(1)最低基本給の確立（十八歳六百五十円）、(2)五百円のワク撤廃、(3)差別待遇撤廃、(4)労調法撤廃、(5)勤労所得税撤廃などであった。
▽政府のゼネスト対策と共闘の声明。共闘の二・一スト宣言に対し、政府は二十二日、暫定措置案を最後案として発表した。これによると、(1)一人当り一律に百五十円と給料の二割五分を増額するが、現在の給料の二倍以上になるものは二倍にとどめる。(2)五百円のワクは七百円とする。(3)勤労所得税は今議会で根本的に改正する、という点が中心で、給与問題については平均日収を三倍とする組合側の要求に対し、平均四割三分の増額という大きなへだたりがあり、組合側はこれに対し、二十三日、反ばく声明を発した。
▽政府、組合側の交渉。中労委の仲介によって二十五日行われた第一回会合は、団体交渉権で話がもつれ、もの別れにおわったが、二十八日深夜、中労委からあっせん案を両者に

提示した。問題の中心の最低基本給については、満十八歳六百五十円の点で政府側も難色を示し、組合側は原案を要求さらに平均月収についても折り合わず、このため二十九日行われた第二次、第三次会談もまとまらず、同夜の交渉は決裂した。

▽スト突入決定。交渉は決裂したものの、政府も組合側も中労委を通じて、なおも解決への努力はつづけられたが、政府が中労委最後のあっせん案の線で止ったのに対して、組合側はあくまでゆずらず、ついに三十一日午前二時すぎ、全官公共闘十一組合は二・一スト突入を中労委に通告した。

十八

二人が三人にふえたが、事態は少しも好転しなかった。

渋谷の下川勘次の家を張り込んでから十日たつと、この線からは、何も出てこない、と思わざるを得なくなった。

「離婚しているのでしょうか?」と益田義夫はいったが、敦子も、高須も、そうは考えなかった。

「よそへ軟禁されているか、何かの方法で消されたか、それしか考えられない。下川勘次が帰ってから、二人の間に離婚手続きがとられたとは思えないじゃないか」

「区役所へ行って、しらべてみます」と益田はいった。

もちろん、その結果も無駄であったが、悪い予想は、さらに深くなったようであった。

「戸籍の上では、下川勘次は、離婚していないし、死んだことにもなっていません」

「やはり、問題は、あの奥さんが、勘次のことを知っていて平然としているのか、性格的に無関心だとか、あんな亭主はいない方がいいとか、どういうふうに考えているかだ」

「もう一度逢って、話してみましょう」と敦子はいった。

「無駄でしょうがね」と、高須は反対しなかった。

高須と敦子と二人だけで、下川勘次の妻を訪ねてみた。何度、どこで見ても、いつもくたびれた眠ったような女であった。

「くどいようですが、まだ下川さんから、連絡はありませんか?」

「いいえ」

「どこにいるかも、わからないのですか?」

「わかりません」

「外務省か、GHQへききましたか?」

「いいえ」

「なぜです?」

「同じことです。帰るときがくれば、帰ります」

「いつまでも、こうやって待つつもりですか」

「ええ」

「失礼だが」と、高須はいった。「生活の方は?」

「何もしないでも、いちおう食べてはいられる時代ですよ、いまは」

「しかし……」

「船会社か、外務省から、お金はきませんの?」と敦子がきいた。

「いいえ」

高須と敦子が、下川勘次の妻と対座していたのは、午後であったが、そこまで話したとき、訪れる声があった。勘次の妻は、いちど玄関へ出て行き、ひき返して、机のひきだしから何かを出して、もう一度、玄関へ行った。

「ごくろうさまでした」と、勘次の妻はいったが、部屋へもどったとき、何も持ってはいなかった。

勘のようなものが働いて、高須は「ちょっと失礼」といって、通りへ出てみた。郵便配達の男が、きたない自転車に乗って走り出すところであった。金が、どこからか来ている、と高須は確信した。もとの部屋へもどるまでに、高須は、それを確かめる二つの方法のうち、郵便局に当たるよりも、下川勘次の妻自身から聞きだすほうが容易だろうと思った。

「失礼しました」と、高須はいった。「奥さん。隠していても仕方がない。いまの、書留でしょう」

「………」

「あなたに迷惑がかかることではない。袂の中から、書留と印鑑を出してみて下さい」

「…………」

「私たちは、自分のためにじゃなく、二千人の遺族のために、下川さんを探しているんですよ。下川さんは、言いたくないことは言うはずはない。私だって、無理に下川さんの口を割らせようとは思いません。ただ、たった一人の生き残りとしての下川さんに、少しでも正確な話をききたいだけなんです」

そういう言い方が、この中年の女の心を動かせるかどうか、高須には自信がなかったが、もしいま来たのが書留であるのなら、その送り主は下川勘次に違いなく、正面からそういうふうに攻めるより仕方がなかったのだ。

「お金ですよ」と、しばらくして下川勘次の妻は、袂から、書留を出した。「わずかなお金ですけれどね。毎月、送って来るんです」

「誰から？」

「それが……」と、勘次の妻は、手の上の書留をひっくり返しながら、「わからないんです」

「わからない……」

「知らない名前なんです」

「ちょっと、見せて下さい」

「どうぞ」

勘次の妻は、書留を、高須の前において、印鑑をしまいに行った。高須が封筒の中をしらべると、それは普通の小為替であった。金額は、この際、問題ではない。封筒には、裏に、差出人の名前が書いてあったが、その、秋山一郎という名前を、勘次の妻は知らないという。

「つまり、この秋山一郎というのが、下川さんだと考えているんですね」

「ほかに、誰が、わたしにお金を送ってくれるものですか」

「この書留がきた最初は？」

「勘次が、いなくなった翌月からです」

「毎週ですか、毎月ですか？」

「月に一度です」

「ほかに、手紙のようなものは？」

「来ませんよ」

「差出人のことを、調べなかった？」

「くれるのだから、もらっておいてもいいでしょう。それに、これは勘次からに違いありません」

「生きているんだ」と、高須はつぶやいた。

「何ですって？」

「生きている、と言ったんです」

「勘次が？　なぜ、死ななければならないんです？」

「無責任な想像ですよ」と、高須は少しあわてた。

「住所は？」と敦子が、のぞき込んだ。

「書いてない。しかし消印は、池袋だ」

「書留で、お金を送る場合、偽名で、住所なしというのは、おかしいわ」

「向こうが持っている受領証には、書いてあるのでしょう」

「もし受取人がわからなくて、返送されたときは？」

「この送り主は、そういうことを、考えていない」

敦子が目で合図をしたので、高須は腰をあげた。

「僕たちは、あなたの生活に干渉しているわけではないのです。しかし、もし下川さんの消息がわかったら、ここへ電話をしてくれませんか」と、高須は、新聞社の名刺を勘次の妻の前において、外へ出た。勘次の妻は、見送りにも出て来なかった。

喫茶店で待っていた益田に、そのことを話すと、益田は、「それは、僕が調べます」といった。

「僕たちは、何をすればいいのかね」

「待っていて下さればいいのですよ」

「君ばかり歩きまわらせて、悪いな」

「いいんです。高須さんは、新聞社の関係、守屋さんは、外務省の関係をつかんでいて下さればいいのです」

益田義夫は、すぐに、池袋へ向かった。高須と敦子は、そのまま市兵衛町へもどった。

「消されたのでないことは、わかったが……」

「多分ね」

「多分だって？」

「だって、小為替の送り主が、下川勘次だという証拠はまだありませんわ」

「また検事のようになった」と高須は笑った。冗談に、こんな人とは結婚はできない、と前にいったが、それは、非難ではなく、一種の驚きであった。

「あなたは、何でも、証拠がなければ信じないんですか？」

「そんなことはないわ。でも今度のことはね」と敦子は答えた。

「どうも、あなたというひとが、わからなくなった」

「わからなくて結構ですわ」と敦子は笑った。「いまは、だれのしていることでも、そうじゃあないでしょうか。戦争中は、闘うために、何でもしました。させられたと言ってもいいけれど、——いまは、生きのびるためです」

「そこがわからない。この事件を追求することで、だれも、——つまりあなたも、僕も、益田君も、実益を受けやしない。生きるためにというのなら、もっと他に方法はあるでしょう」

「たとえば？」

「闇屋になるとか……」

「あたしなら、夜の女？……」

「そういう意味じゃない。金を持っている男と再婚すればいい」

「本心から言っていらっしゃるの？」

「………」

「あなたも、少しおかわりになったわ。あたし、あなたと、お約束をしたでしょう。いまは、それを果たすことだけを考えているんです」

「無駄かも知れない」

「無駄でもいいんです」

市兵衛町へ二人でもどったのは、久しぶりであった。高須は、新聞社を一日休んで、敦子といっしょに、たまっていた洗濯をした。焼跡の水道のところへたらいを持ち出した。

「社を休んだりなさらなくても、お洗濯くらい、あたしがしましたのに」と敦子はいったが、二人で向かい合って洗濯をしていることが、高須にはうれしかった。

十九

益田義夫が、池袋の、下川勘次の住所をつきとめたのは、ちょうど、渋谷へ書留が来てから一ヵ月後であった。

「遅くなってすみませんでした。池袋の郵便局を洗ったんですが、月に一回、そのひとが小為替を組みにやって来るということ以外に、どうしても証拠がつきとめられないので、本人があらわれるのを、待っていたんです」

「来たのか？」

「ええ。それで、あとをつけたんです。焼跡で、小さなのみ屋をやっています」

「その人物は、確かに、下川さんなの？」

「標札も出ています。ただ、変なのは、奥さんと、子供がいるんです、赤ん坊です」

「…………」

「それだけ確かめて帰って来ました。どうしますか？」

「行ってみよう」と高須はいった。「敦子さんは、待っていて下さい。益田君と二人で行きます」

「どうぞ」

「死んでいなくて、よかった」

「しかし」と益田はいった。「死んだも同然かも知れませんよ」

「なぜ？」

「ともかく、行きましょう」

夕方、高須と益田は、そこへ行った。省線池袋の駅から巣鴨拘置所へいく、細い道が縦横に通っているマーケットの片隅であった。時間が早いので、客はなかった。下川勘次は、開店の用意をしていたが、はいって行った二人を、覚えてはいなかった。

「まだあけていないんですがね」

「承知できた」と高須はいった。「下川さん」

短く、強烈な驚愕が、下川勘次の顔を走った。

「あなた方は？」

「阿波丸の遺族です」

「私に、何を……」

「なぜ、隠れていたんです？」

「どうして、ここがわかったのかね？」

「隠す必要もないから、本当のことをいいますが、渋谷へ送金された書留からです」

「………」

「あなたの奥さんと子供さんが、ここにもいることは、僕たちにとって、大した問題じゃない。そのことは無関係です」

「しかし……」

「GHQとも関係はない」と益田がいった。「もっとはっきり言うなら、僕の兄が、阿波丸に乗っていた証拠さえない。しかし、本当のことを言ってほしいのです」

「本当のことって、何を、ですか？」

「あなたが、どんな目にあい、それから、何を見、何を聞き、何を話したか、をですよ」

「僕は新聞記者だ」と、高須はいった。「しかし今日は、仕事じゃない。守屋敦子の代理としてきた。記事にはしない」

「店をしめるから、待って下さい」と、下川勘次はいった。それから外出の支度をして、

「出ましょう」といった。

「どこへ？」

「どこでもいいが、話のできるところです」

「あなたの家は？」

「家でもいいが、――しかし、新聞には出さない、と約束してくれれば……」

「約束します」

「じゃあ、きたない家だが……」

歩いて十分くらいしかかからなかった。下川勘次の、疲れた老いた感じから意外に思われるような、若い妻が、出てきた。

「お客さまだ」

下川勘次の家の西側の窓からも、赤茶けた焼跡が見えた。下川勘次の家は、いちおう仮建築であったが、焼跡には、さびた、壕舎のトタン屋根しか見えなかった。

「何を、ききたいのかね」

「この前、あなたが遺族たちに話したこと以外のことを、です」

「みんな話した」

「しかし」と、高須はいった。「あなたは、第一回の遺族との会合のときに、海の上にほうり出されたとき、ほかに助けを求めている人がいるかどうかわからない、といい、二回目のときには、何人かいた、と言っている。どっちが本当か、ということです」

「覚えていないのです。いたと言われれば、何人かいたような気もするし、そうでないような気もする。要するに、忘れてしまったのだ」

「もう一つ、あなたは霧のことについても、違ったことを言っている。あったか、なかったか、はっきりして下さい」

「覚えていませんね」

「あなたは、潜水艦に助けを、もとめたのですか、それとも……」

「それも忘れてしまっています。気がついたときには、すでに潜水艦の中にいたんです」

「死んだものは帰って来ない。しかし、事実を知りたいのは、僕たちだけじゃありません。あなたにも日本人として、知っていることをみんな話す義務はあるでしょう」

「義務や責任があったとしても、知らないことは知らないのです」

「口止めをされたんじゃありませんか」

「そんなことはない。アメリカは、私を大切に扱ってくれました」

「その、大切というのには、いろいろ意味があると思いますがね」

「ただの命令でしょう」

「そうかな」

「ともかく、私は捕虜になり、戦後、帰されたのです」

「それだけ？」

「それだけですよ」

「じゃあ、なぜ、マックアーサー司令官に逢ったんです?」

「虐待されなかったか、と聞かれただけですよ」

「なぜ、それから軟禁されたのですか?」

「私は知りませんよ、なぜだか」

「守屋さんという外交官や、益田信夫という人を覚えていませんか」

「この前も言ったように、私はコックなのです」

「たいへん変なことを聞きますがね」と、高須は、問題の核心にふれていった。「いまの店を出す資金は、どこから出ていますか?」

「あんな、小さな店ですよ、友だちから借り歩いたってできるでしょう」

「しかし、借りたんじゃないでしょう?」

「個人の自由です。答えたくない」

「奥さんの出資ですか?」

「ここにいる女は、私の正式の妻じゃありません」

「なぜ、渋谷へ帰らないのですか?」

「それを知って、どうしようというんですか」

「あなたは、わからないことだらけなのですよ」

「だれでも、そうでしょう」

「下川さん。あなたは、釈放されたとき、お金を持っていたのですか?」

「少しはね」と勘次は答えた。「あっちで、働いていましたから」

「何をして？」

「収容所の中で、小さな食堂をやっていたんです」

「どこでですか？」

「グアム島の収容所です」

「身分は捕虜だったのでしょう」

「そうです。夜は、独房の中にいました」

「ここにいる奥さんは、釈放されてから、知り合ったんですか？」

「私生活のことを、根ほり葉ほり聞かれても、答えませんよ」

「じゃあ、最後に、一つだけ答えて下さい。新聞は、潜水艦の艦長に対して罰を下したと書いていますが、本当ですか？」

「私は知りません。お答えできることは、みんなお答えしています」

「それじゃあ、今日は失礼しましょう」

「今日は、というと、また来る気ですか？」

「そのつもりです」と高須はいった。

高須はそのとき、ふっと、また彼が行方をくらますのではないか、という不安をおぼえたが、店に客がついていて、資本をおろしている以上、それを急にほうり出しはしないだろう、と思いなおした。

高須は、市兵衛町へもどって、そのとおり、敦子に報告した。

「彼は、まだ何か、知っている」と、高須はいった。「しかし、彼は言えない。なぜだと思いますか?」

「何もしゃべるな、と言われているのでしょう」

「問題は、何によって、彼がそれを承諾したか、ということだ」

「権力者の命令ですわ」

「それだけとは思えない」

「脅迫?」

「だとしたら、いまでも、だれかが、彼の身辺にいるはずです」

「下川さんを監視します」と、益田義夫がいった。

「しかし、それだけじゃない。金かも知れない」

「ああ」と益田はいった。「それで、店の資金はどこから出ているのかと、高須さんはきいたんですね」

「聞いたって、言うわけはないが、顔色だけでも見たかった」

「それでは?」と敦子がきいた。

「なんとも判断がつかない。本当に彼は、みんな忘れてしまっているのかも知れない」

「海の上にほうり出されて、潜水艦に助けられた前後のことは、ショックで忘れたということもあるでしょう。でも、向こうへ連れて行かれて、帰国するまでのことを、そんなに早く忘れるはずはありませんわ」

「理屈ではね」

「理屈でなければ、何が起こったというんです？」

「想像もできない、何か、だ」

「ともかく」と益田はいった。「僕はときどき見張っています。少なくとも、どこかへ逃げるのだけは防ぎますよ」

夜になって、敦子は、

「さっきの、想像もできない何か、って何ですの？」ときいた。

「もう少し考えてから、話します」と高須は答えた。

二十

小野信一から、高須にあてて、手紙がきた。封筒を開くと、中にもう一通の手紙があり、小野信一の手紙が書きそえてあった。

先日は失礼しました。二、三日前、向こうで、終戦後、イギリス軍の捕虜になっていたときに知り合った男に街で出会い、高須さんが、阿波丸のことを調べていらっしゃることを言いますと、自分の知っていることを話したい、といい、手紙に書いてきました。その内容は、私も初耳のものです。なにかお役に立つかと思い、同封します。

中の手紙は、板橋の成増にいる高松秀夫という男から、小野信一にあてたものであった。


思いがけずお会いでき、驚き、かつなつかしく思いました。

その節出ました阿波丸の件につき、その後思い出したこともありますので、私が見たことを、書いておきます。私は戦時中、南方で、昭南島、ジャワ間の定期航海をしていた船の三等航海士でした。阿波丸が、バンカ島の北端ムントク港沖でスズを、昭南のタンジョンパーガー第二岸壁で生ゴムを、荷役中、居合わせました。

阿波丸がムントク沖に碇泊する十日ほど前、海軍の重巡洋艦「足利」が、米潜水艦の攻撃をうけて沈んでおり、ムントクは遠浅のため、阿波丸の荷役は五マイルほど沖で行なわれたため、禁制品の積み込みは敵潜水艦によって深知されていたと思います。バンカ島はスズの鉱山で有名です。私たち仲間の推量では、三、四千トンは積み込んでいたと思われます。昭南港で見たときは、すでに保険マークの吃水線は水中に消え、平時では考えられない危険な状態でした。空襲のある日には、苦力が一人も姿を見せないほど、昭南市の情報は敵につつぬけでしたので、昭南港での荷役も同じように探知されていたことでしょう。

当時では唯一の生き残った美しい姿の貨客船でしたが、出港のときには油を満載したタンカーのような、ひらべったい船になり、船足重く出港してゆく姿が、病気のため内地送還になって乗船した友人の、うれしそうな笑顔とともに忘れることができません。

手紙は、きわめて簡単なものであったが、それではっきりした。動かしがたい事実が一つ証明された。

「外務省や大東亜省では」と、敦子は、その手紙を読み終わると、いった。「禁制品の積み込みを拒否できなかったのでしょうか」

「それは無理です。そのことは、大本営か、現地の司令官から命令されていたのでしょう」

「この手紙によると」と敦子はいった。「アメリカは、阿波丸が戦時禁制品をつんでいたことを、知っていたと考えられますわね。そうだとすると、なぜ台湾沖まで、ほうっておいたのかしら。国際法上のとりきめだと、禁制品をつんだと思われる場合、停船命令を出して臨検して、事実なら、非戦闘員を近くの港におろして撃沈するというのが順序ですわ」

「潜水艦は、たしかめずに、阿波丸を攻撃した。あの船が交換船であることは、アメリカの各船舶は知っていたはずだし、知っていたのなら、いきなり魚雷を発射するわけがない」

「そうすると」と敦子はいった。「問題は、アメリカで、あの潜水艦の艦長が、どういう処罰をうけたか、ということになりますわ。テニヤンか、グアム島にいた人を探しましょうか」

「下川勘次が、そ﹅こ﹅にいたはずです」と高須はいった。「いいですか。アメリカは賠償をひきのばしている。日本の政府は、その問題に触れようとしない。――下川勘次に喰いつくよりほかに、僕たちには何の方法もない、と考えていいでしょう」

高須は、便箋を出して、

「一度、いままでに知り得たことを整理してみましょう」といった。

一、阿波丸は、大本営の秘密命令によって、日本をはなれるときに、戦時禁制品をつんでいた。
二、発見されたときのために、呉軍港で自沈装置をつけた。
三、以上二つの点については、外務省、大東亜省、そして政府も知らなかった。
四、シンガポールで、帰途にふたたび莫大な禁制品を積み込んだ。
五、阿波丸の帰途については、アメリカ潜水艦の監視下にあったと思われるが、消息をたった四月一日までの航海では、何事も起こらなかった。

「ちょっと待って、高須さん」

「何です」

「なぜ、アメリカは、台湾沖まで見逃していたのかしら？　もっと早く、沈めようと思えば沈められたでしょう」

「あとの問題と関連するが、つまり、彼らには警備や監視の責任範囲があって、阿波丸は、台湾沖で、はじめてクイーン・フィッシュの持ち場にはいった、と考えられる」

「でも……」

「もう一つの想像は、クイーン・フィッシュが、阿波丸についての本国政府の打電をうけとっていなかったか、うけとっていて、故意に無視したか。この二つのうちの一つ」

「その決定は、グアム島の軍事裁判で、はっきりしたはずですわ」

「そうすると……」と、高須はもう一度、鉛筆を持った。

六、台湾沖で、阿波丸は、まったく予告なしの攻撃をうけて沈没した。

七、沈没時の生存者は確認できないが、下川の話によれば、彼一人だけが潜水艦に助け上げられた。

八、その後、クイーン・フィッシュ号は、グアム島へ帰投し、艦長ラフリン中佐は、軍事裁判をうけた。

「ここのところが、ちょっとわからない」と、高須はいった。

「日本政府に、アメリカが回答した文書には、米国潜水艦が、阿波丸らしきものを撃沈した、といっているのだから、ラフリン艦長自身の報告が、それよりも先にアメリカ本国に届いているわけでしょう。なぜ、ラフリン中佐は、知らぬ顔をしていなかったのか」

「日本とアメリカの違いですわ。アメリカにかぎらず、すべての先進国との……」

「日本の政府や軍だったら、頬かむりをしただろう、というんですね」

「残念だけれど、そう考えるよりほかに、仕方がありませんわ」

「こうやって書いていると、やはり、グアムの軍事裁判の内容と、下川勘次の記憶が、すべての鍵を握っている」

「あたしたちは、何をすればいいのかしら？」

「待つことだろうね」と高須はいった。

二十一

歳月の流れが、突然とまったようでもあり、その大きな部分を省略して流れ去ったようにも見える毎日が、高須と守屋敦子の上にあった。

外務省も沈黙し、政府も、そのことを忘れたようにみえた。アメリカ側からも、何の発表もなかった。そのころ、日本はアメリカの奴隷であり、食糧をあたえられることによって、どんな政治的な注文も、さからわずにきかなければならなかった。

「高須さん」と、守屋敦子はいった。「なぜ、阿波丸の遺族会ができないんでしょう？」

「だれとだれが乗船していたか、それがわからない以上、だれが確実に遺族であるかは、わからない」

「上の方の人は、わかっていますわ」

「外務省と大東亜省の役人はね」

「外務省に当たってみますわ」

何もすることがないというのは、つらいことであった。敦子は、当時の外務次官に逢いにいった。ちょうど、その時間に、高須はまた池袋へ行った。

二人は、ほとんど同じ時刻に、市兵衛町へもどった。

「てんぷらを買ってきた」と、高須は、折詰を見せた。「敦子さんの方は、収穫がなかったらしいな」

「その通りですわ。でも、その理由は、高須さんがおっしゃったようなことではありません」

「…………」

「政府は、アメリカを刺激することを、おそれているんです」

「多分ね」

「阿波丸の問題は、終戦事務処理として、国があつかう問題で、賠償のことは、アメリカ政府と交渉が成立するまで、もう少し待ってくれというんです」

「アメリカ政府と、日本の政府の間で、何か、あのことについて、密約がかわされているのかも知れない」

「そのことと、下川さんの態度と、関係がありますの？」

「強いて想像するなら、です」

「たとえば？」

「彼はコックだから、乗客の一人一人については何も知らないといっているが、ほんとうにそうだっただろうか。少なくとも、乗組員のことは知っていただろうし、あの長い航海中に、だれとも知り合わなかったとは思えない。彼がもし何人かの名前をいえば、それで遺族会の中核はできるはずだ」

「そうね」

「僕は今日、彼に逢って、もう一度、同じことをきいたんです。しかし、答えは同じだった。そのうえ、下川は胸を患っているらしい」

「ひどいの？」

「大したことはないようです」

「もし、下川さんが病気で死んだりしたら、事件は永久に葬られてしまうでしょうね。帰りの阿波丸に乗っていた役人の数人は、外務省が、なんらかのかたちで、めんどうを見ていますわ」

「お金？」

「いいえ。仕事をあたえることで」

「僕たちは、そういう少数の人のことを考えているのではない。二千人の、非戦闘員である市民のことです」

「その通りですわ」

沈黙が二人の間におりると、敦子は、ふっと涙ぐんだ。

「なぜ、そんな顔をするんです？」

「いつ、どこで、何が起こっても、得をするのは、いつだって上流社会の人間なのね」

「敗戦で、貴族はなくなったし、軍人も、財閥も、なくなった。しかし、それは、何かと入れかわっただけでね。――つまり、占領軍がやってきたときの時点で考えれば、英語の話せる奴が、支配者に近づいた。簡単にいえば、価値体系がかわって、いまのところ、英語の話せる奴と、一部の官僚と、反政府的な人たちが、上に立つようになった。これからまたかわってゆくだろうけれどもね」

「あたしたちとは、関係ありませんわ」

「僕たちは、過去を発掘しようとしている」

「ええ」

「しかし、何のために……」

「もう、お忘れになったの」

「忘れたわけじゃないが、少し、ばかばかしくなってきたのも事実です」

「未来を生きることを、考えたほうがいいとおっしゃるの？」

「少し、疲れただけです。相手が巨大すぎるんだ」

「巨大だから、二人で調べ上げようとお約束をしたのでしょう」

「敦子さん。この仕事を終わって、僕たちは、どうなるというんですか」

「多分、どうにもなりませんわね。いたずらに、絶望を深めるだけかも知れませんわ」

「ずっと前に」と、高須はいった。「僕が、あなたの御主人、もしくは、阿波丸のことに興味を持っている理由は、まだ話せない、といったのを覚えていますか？」

「はい」

「じつは、僕は、守屋正彦、つまり、あなたの御主人と、同級生だったんです」

「………」

「中学、高校、大学です。だから、守屋のために、なにかしてやる義務が、僕にはあった」

「なぜ、今日、それをおっしゃったの？」

「このごろ僕は、あなたが、僕の友人の奥さんだということについて、考え込んでいる」

「なぜ？」

「僕は、新聞記者だから、感情をまじえずに言う。僕は、敦子さんを、愛している。だから、守屋と僕が、見ず知らずの人間であったか、友人であったかということが新しい問題になったんです」

敦子は、驚かなかった。やっぱりそうだったのか、という表情になった。

「そんなことは、関係ない、と申し上げたら？」

「あなたとの間のことを考える前に、僕は僕自身のことを、あなたは、あなた自身のことを考える必要がある」

「近所の人、あたしたちが、従兄妹だとは、思っていませんわ」

「だから？」

「いいえ。それだけのこと」

「友だちが死んだ。その未亡人に近づいて、恋をした。――あまりほめたことではない」

「門司で、最初にお逢いしたときから、ご存知でしたの？」

「その通りです。しかし、あのころは、守屋のために、なんとかしなければならないと思った。早く片づけば、僕が守屋の友だちであることは、何もいわないで、姿を消すつもりでいたんです」

「わかったような気がしますわ。でも、早く片づくとか、長くかかるとかいうことは、大切なことではないでしょう。益田さんだって、それから、二千人の犠牲者のことを考えたら、そんなことは問題ではありません」

「意志の強い人だ」

「そうでなければ、生きてゆけませんわ」

「いつか、この問題が片づいたら、それから、どうして暮らすつもり？」

「考えていませんわ」

「一生、位牌をだいて……」

「高須さんも？」

「結婚して、一年もたっていなかった。空襲で、直撃をうけたんです。死体は何も残らなかった。着ていたものを集めて、焼いて、寺へあずけた。消えかかっている、昔のことは」

「自己欺瞞ではありませんの？」

「人間は、そんなにたくさんの記憶をかかえて生きてゆくことはできない」

「つまり、あたしたちのしてきたことは、無駄だとおっしゃるの?」

「無駄ではないが、もっと大切なものが、生き残った者に課せられているような気がしてきたんです」

「何が、課せられたのでしょう?」

「忘れること。幸福になること。しかし、生きていて、昔のことには責任がない、ということではない。ただ、それはもう、しまってしまって旗を降ろす、というふうに、です」

「降伏ね」

「この政治という巨大な怪物に対して、僕たちは無力すぎる。もしそれに対して復讐できるとしたら、僕たちが幸福になることしかない」

「そういうふうに考えたことはありませんでした。一つの仕事がすんだら、つぎの仕事にかかればいい、と考えていたんです」

「人間は、としをとりますよ」

「そうね」

「そうね、というのは?」

「考え方としては賛成だけれど、自分が、そういうふうに割り切れるかどうか、自信ありませんわ」

「かりに、僕たちが結婚してから、僕は、僕の死んだ妻のことを、あなたは、守屋のことを、いつも考えている、という状態は、あまり幸福とはいえない」

「多分ね」と敦子は答えた。「お約束してもいいわ。この仕事が終わったときに、結婚してもいいと思います。でも、あたしは、守屋のために、高須さんを離さないんじゃない。一人でも、やっていたでしょう」

「わかっている。とにかく、僕のなかのあなたは変わってきた」と、高須はいった。

二十二

〔芦田内閣きょう総辞職〕昭電疑獄、西尾前国務相に波及。社党申入れで政局急転。芦田内閣は昭電疑獄の発展と社会党の態度急変により、七日、総辞職することに決定した。昭和電工疑獄事件は、前安本長官栗栖赳夫氏の収容によって現内閣に深刻な衝撃を与えたが、事件はさらに拡大して、六日、前国務相西尾末広氏に波及するに至って政局は急転し、社会党は同日午後二時半、中央執行委員会を開いて、即時内閣総辞職決行を党議として決め、直ちにこれを首相に伝え、即夜、三党首会談を開かれたいと申入れた。国協党もほぼこれに同調したので、首相はついに総辞職を決意、もはや三党首会談を開く必要なしと即夜、片山社会、三木国協両党首に連絡、三党首の間で意見がまとまったので、芦田内閣は成立以後七ヵ月目をもって退陣ときまった。よって政府は、七日午前九時、首相官邸に臨時閣議を開き、首相から辞意を表明して総辞職を正式決定、首相は直ちに総司令部を訪問、

必要な手続きをとったのち、この旨を衆・参両院議長に通知する。（昭和二十三年十月七日、東京朝日新聞）

〔吉田内閣成る〕認証式きょう挙行。

吉田内閣の組閣工作は十八日終了、全閣僚の顔ぶれは吉田首相の決裁を経て内定した。首相は十九日の午前中にも組閣完了に必要な手続が済めば、同日午後、閣僚の認証式を挙行する予定である。社会、民主、国協の三党を野党に回して、ここに発足する吉田内閣は、社革党、農民党の閣外協力を得たとはいえ、国会の議席において少数派であり、しかも民自党単独内閣の色彩が強い。閣僚の顔触れは第一次吉田内閣の顔触れを全く一新し、泉山蔵相の起用など少壮の人材を登用している。しかし、吉田首相が意図した法、文、労三相の党外起用は概して成功せず、労相の増田甲子七、文相は下条康麿氏に落着き、法相は未定のまま首相兼任となった。周東農相、増田労相、下条文相、殖田国務相および佐藤官房長官など、主要閣僚に官界出身者が多く官僚色が強いし、組閣に当って党内各派の均衡と選挙対策も考慮したために、予期通りの人材を集めるわけにはゆかなかった、と組閣本部も認めている。社革党佐竹晴記氏は組閣完了まぎわに入閣辞退を申出ており、最後の決定は十九日に持ち越されたが、組閣本部側でも大体話合いはつくものとみている。新内閣は認証式後、初閣議を開いて首相談話を発表、困難な国会対策に乗り出すわけである。

〔吉田第二次内閣の顔ぶれ〕

総理	吉田　茂	71
外務	（首相兼任）	
大蔵	泉山三六	53
法務	（首相兼任）	
文部	下条康麿	64
厚生	林譲治	60
農林	周東英雄	51
商工	大屋晋三	55
運輸	小沢佐重喜	51
逓信	降旗徳弥	51
労働	増田甲子七	51
建設	益谷秀次	61
国務（安本長官）	永田　清	46
国務（行政管理庁長官）	佐竹晴記	53
国務（比財委員長）	岩本信行	54
国務（賠償庁長官）	殖田俊吉	59
国務	井上知治	63

官房長官　　佐藤栄作　48

〔長老総て退く〕選考事情。

吉田首相は十七日夜、党から提出された閣僚候補名簿に基いて、佐藤官房長官とともに検討を加えて大体の構想を完成し、十八日午前、幣原氏の意見を聞いた上、顔ぶれも最後的に内定した。吉田首相はその組閣方針で明かにした通り、党内の老朽、前大臣の経歴をもつもの、汚職事件に関係ありとうわさされるものなどすべて遠ざけ、清新な人材を登用する方針をとるとともに、法務、文部、労働、安本については、党外から人材を抜く方針で組閣に臨んだ。このため労働には中山伊知郎氏、安本に永田清氏の出馬を求めたが、中山氏は逃げ回ってついに受けず、永田氏も渋ったが首相との情宜上ついにひきうけた。文部は安部能成氏が推薦した文部省学校教育局長日高第四郎氏をのぞんだが、旅行中で連絡つかず、緑風会代表としては下条氏の入閣をみた。衆議院解散後参議院は重要なのでその対策として緑風会を重視したものである。法務は検察関係の現役から抜く方針で人物を物色したが、まだ適任者がなく、とりあえず首相兼任としたが、早急に補充されよう。党内からの最後までもめたのは旧同志クラブからの入閣者で、田中万逸氏らが推していた工藤鉄男氏が最後まで有力であったが、十七日になって幣原氏の身代りに降旗氏が入ることになり、さらに工藤氏に難点があり、また九州地区から入閣者がないのは選挙対策上まずいというので、十八日の吉田幣原会談の結果、突然、井上知治氏に模様がえされた。大蔵は重要ポストで吉田首相は永田氏の兼任も考え、佐藤官房長官らは前大蔵次官池田勇人氏をのぞんでいたが、泉山氏が未知数の魅力を買われて、ついにゴールインした。厚生の林、建設の益谷両氏は、党内の閲歴も古く、そのわりに身辺に濁りがないところを買われたもの。農林は周東氏がはじめから下馬評が高かったが、広川氏が党の相談役森幸太郎氏を強く推し、吉田首相も党の方でよい方にきめるようにと裁断を下さず、最後までどちらに落着くかわからなかったが、結局、周東氏に落着いた。商工の大屋氏は帝人社長の実力がものを言って、最初から確定的であった。運輸については、板谷氏は北海道議員団の猛運動があったが、党献金を約束するとかの言説があったとの噂が出たため敬遠され、新人小沢氏があとにまわった。小沢氏は二回生議員で党歴は浅いが、広川氏を助けて吉田首班の実現に功績があったのと、重厚な人柄が買われたもの。労働の増田氏は、入閣線上を浮き沈みしていたが、中山氏が入閣をことわったあとは他に適任者なく、吉田首相の一声で労働にはいった。岩本国務は関東代表で同党二回生議員の代表でもある。殖田氏は平素吉田首相が恩義を感じている人で、首相に引張り出されたものといわれる。

〔大野伴睦氏保釈〕

昭和電工事件に関し、さきに東京地検から収賄罪で起訴、引きつづき東京拘置所に収容、取調べを受けていた民自党顧問大野伴睦氏は、十八日午後、保釈と決定、出所した。

（昭和二十三年十月十九日、東京朝日新聞）

日曜日に、めずらしく久しぶりに、益田義夫が、市兵衛町へたずねてきた。

「どうしていた？」と高須はきいた。

「あれからまた呉へ行っていたんです」

「君も執念ぶかいね。それで？」

「自沈装置をつけることに、直接従事した人は、やはり見当たりません。それで、下っ端ですが、その当時、港で働いていた老人に出会ったんです」

「何か知っていたのか？」

「確信はない、と言っていましたが、阿波丸に自沈装置をつけたという噂が、そのころ流れたそうです。憲兵がうるさくてね。そのことを口に出した者は、全部、憲兵隊へひっぱられたようです。その老人の話では、海軍の技術将校一人と、民間の技師が一人、それらしい仕事をしたと思われるというんですよ。うまい具合に、軍人の方はともかく、技師の方の名前をおぼえていました。それで、東京へもどって、復員局で、しらべてもらったんです」

「いたのか！」

「戦死しています」

「…………」

「しかし、遺族は、東京にいますよ。それで報告にきたんです」

「やったね。戦死したというのは残念だが、遺族から、何か引き出せるかも知れない」

「田無の住人です」と、益田はいい、その人の名前と住所を書いた紙切れを出した。

「敦子さん。もしかすると、これは突破口だ」

「行きましょう」と守屋敦子は、着替えに立った。

麻布市兵衛町から田無へいくには、高田馬場から電車で行かなければならない。三人が、田無の駅におりたのは、昼ごろであった。

「桜間さんという家は、どこでしょうか」と、高須は何度もきいたが、知っている人はなかった。番地の示すところは、ただの畑の中であった。

「間違っているんじゃないか」

「間違ってなんかいませんよ」

「小学校がある。きいてみよう」と、高須はいった。その学校の建物は、崩れ落ちようとしているように見えた。昔なら、小学校の昼休みには、子供の声が聞こえるわけだが、あたりは、静かであった。二階建てが一棟きりであった。校庭の一部に、かつてもう一つの建物があったと思われる土台石が残っており、埃くさかった。

「空襲でやられたんだ。中島飛行機の工場が、田無にあったからね」

「この学校は、先生も、生徒もいないらしい」と益田義夫はつぶやいた。

「しかし、この番地には、この建物しかない」

校舎の裏手へまわると、便所のそばに小使室があった。洗濯ものがほしてあったので、高須は声をかけた。

「桜間さんという方は、いらっしゃいませんか」

一人の女が、出て来た。

「桜間ですけれど……」と女はいった。

二十三

「あなたの御主人のことで、ちょっとうかがいたいことがあったので」と、自己紹介をすませてから、高須はいった。

「主人は、戦死いたしました」

「聞いています。しかし御主人は、軍人ではなかったのでしょう？」

「はい、技術屋でした」

「呉の軍港で、仕事をしていらっしゃったんですね」

「はい。わたくしが広島の人間だものですから」

「技術といっても、造船の方ではなかったと思いますが……」

「はい。爆発物の研究をしていたんです。徴用で」

「召集がきたのは、いつごろだったでしょうか」

「あれは」と、女はちょっと考えてから、「昭和二十年の三月末ごろです」

「たいへん失礼な質問ですが、そのころ御主人は、どんな仕事をしていらっしゃったか、ご存知ありませんか」

「存じません」

「阿波丸という船を、知りませんか？」

「阿波丸、——いつごろだったか、よく覚えていませんが、阿波丸という船が、南へいくために入港しているということを、一度、聞いたような気がします」

「御主人が、阿波丸で仕事をなさったと思われるふしはありませんでしたか？」

「それは、わかりません」

「それで、徴用されていた技術者が、どうして召集になったんですか？」

「それも、わたくしにはわかりません。四月には、日本をはなれていました」

「その間に、お逢いになったでしょう」

「門司で、二度ほど」

「御主人の階級は？」

「陸軍の二等兵です」

「不思議なことがあるものですね。軍は、技術者としての、あなたの御主人を必要としていたでしょうに」

「でも、そうだったんです。たしかに、赤紙が来たんです」

「それで、門司でお逢いになったとき、どんな話をしました？」

「どんなって、べつに」

「御主人は、何か悩んでいた様子はありませんでしたか?」

「そういえば、機嫌が悪かったように思います」

「どういうふうに?」

「戦争は、いやだな、といっていました。当時のことですから、わたくしは、兵士として、前線へ出るのは、名誉なことだと思い、そう申しますと、主人は、今度は、召集が来てよかったのだ、と答えました」

「召集が来てよかった……」

「おれは、死にに行くんだ、とも申しました」

「あのころは、だれでもが口にした言葉だが、——桜間さんにとっては、別の意味があったと考えていいでしょう」

「どういうことなのでしょうか?」と桜間の妻は、首をかしげた。

「それで、戦死は?」

「七月の末に公報がきました。戦死の場所は知らされませんでした。でも、事実だと思いましたから」

「奥さんは、広島にいらっしゃったんですね?」

「はい」

「原爆のときは?」

「わたくしの家は田舎でしたので、助かりました。でも、もう広島では何もできないので、上京しました。東京にお友だちがいましたから」

「すぐ、ここへ？」

「いいえ。いろんなことをやりましたが、結局ここに落ち着いたんです」

「この学校には、人影がないが……」

「移転したんです。建物が危険なので」

「あなたは？」

「今度の校舎へは、男の小使いさんがきたので、わたくしは、あと一年で立ち退くことになっています」

「くびですか」

「はい。くびです」

女の頬に、笑いが浮かんだのを、高須は見たようであった。

高須が、そのとき迷ったのは、桜間技師が、阿波丸に自沈装置をつける仕事をしたことを、未亡人に言うべきかどうか、ということであった。

話を総合すると、桜間技師は、なにもかも承知で、死にに行ったことは確実であった。しかし、未亡人が、そのことを知らないとすれば、高須の口から言うべきではない。この未亡人に、大きな重荷を背負わせる権利も義務も、高須にはなかったのだ。

おそらく、桜間技師は、阿波丸に自沈装置をつけたことに関して、はげしい反抗と、その命令をまもらなければならない自己嫌悪に襲われていたにちがいない。それなら、前線へいって死んだ方がいい、と彼は考えたのだ。

駅の方へ歩きながら、益田義夫が、

「軍人の方も、前線へ飛ばされたのでしょうね」といった。

「待ってよ。桜間さんという人に召集令状がきたのは、彼の口をふさぐためだとおっしゃるの?」

「ほかに考えようがない。召集がきて前線へいったと、未亡人はいったが、昭和二十年の四月に、南方へいく船は、もうなかった。もしかすると、桜間技師は、日本で殺されたのかも知れない」

「そうも考えられますね」と益田は答えた。

「まさか」

「まさか、ではない。それくらいのことは、平然と行なわれていた時代なんだ」

女だから、敦子はずいぶんながい間、そのことにこだわっていた。

「信じられない」と、市兵衛町についてからも、言いつづけた。「アメリカは、下川さんを帰しているのにね」

「しかし、彼は、生きてもどったというだけで、何もしゃべってはいないでしょう」

「いつか、彼は本当のことを言うでしょうか」

「たぶん、戦犯の判決が下ってからか、講和条約が結ばれたあとで……」

「あたしたちは、何もできなくなるわ。だれに、どういうふうにして、このいかりをぶつければいいの？」

「世の中には、無駄とわかっていても、人間としてしなければならないことがありますよ」

「高須さん。ついこの間までは、疲れた、いやになったと、いっていらっしゃったのに」

「もとの僕にもどったようです。僕たちは、今度の益田君の報告で、下川勘次の告白をのぞいて、事件の全部を知ることができたと考えていいでしょう」

十一月十二日、曇った日の肌寒い午後、東京裁判の二十五被告にたいして判決が下った。

〔東条、広田ら七名絞首刑。無罪なし、木戸ら十六名終身禁固〕

絞首刑	東条英機	65
同	広田弘毅	71
同	松井石根	71
同	土肥原賢二	66
同	板垣征四郎	64
同	木村兵太郎	61
同	武藤　章	57
終身禁固	木戸幸一	60
同	平沼騏一郎	82
同	賀屋興宣	60

終身禁固	嶋田繁太郎	66
同	白鳥敏夫	62
同	大島　浩	63
同	星野直樹	57
同	荒木貞夫	72
同	小磯国昭	69
同	畑　俊六	70
同	梅津美治郎	67
同	南　次郎	75
同	鈴木貞一	61
同	佐藤賢了	54
同	橋本欣五郎	59
同	岡　敬純	59
禁固二十年	東郷茂徳	67
禁固七年	重光　葵	62

東京裁判最終判決の下る十二日、晩秋の市ヶ谷台の空はあくまでも青く深く澄んでいた。

午前九時半開廷、梅津、白鳥、賀屋の病欠三被告をのぞく東条以下二十二被告は、いずれも緊張に面をこわばらせて出廷、東条、広田ら七名に絞首刑、木戸、平沼ら十六名に終身禁固、重光七年、東郷二十年の禁固が宣告された。

この日、ウェッブ裁判長は午前にB部第八章通例の戦争犯罪残虐行為の残りを読了して、十時五十分、一たん休憩、午後一時半再開して十項目に整理された第九章「起訴状の訴因の認定」に朗読をすすめ、満廷息づまるような緊張のうちに午後三時五十五分、まずアルファベット順に一人ずつ荒木被告から被告席に立たせて、別項のような刑の宣告を行った。閉廷午後四時十三分、かくて昭和二十一年五月五日以来、三十一ヵ月の長きにわたった歴史的な極東国際軍事裁判は終了をつげ、ウェッブ裁判長は法廷の散会を宣した。すでに暮色濃い午後五時半、各被告は再びバスに送られて巣鴨拘置所に収容されて行った。なおこの日、死刑を宣告された七被告は、いずれも残虐事件について有罪とされたのである。

二十四

高須と、守屋敦子は、まだ西陽のさしている市兵衛町の家で、ラジオのスピーカーから流れ出す、少しばかり陰鬱なウェッブ裁判長の判決をきいた。

「これで、すべてが終わったというんでしょうか」と、敦子はつぶやいた。

「終わってはいない。むしろ、はじまったと言っていいでしょう」

「何が？」

「つまり、こんな裁判は、茶番だ。アメリカは、アメリカ以外の国にたいして、戦争の勝利を鼓吹しただけです。アメリカと日本との問題は、むしろこれからと考えた方がいい」

「一つ疑問がありますわ。戦争中も、戦争が終わってからも、世界の人は、日本が支那や、南方諸国を侵略したと考えていました。この裁判だって、それを裁くのが目的だったのでしょう。ところが結果はどう？　判決をうけた人は、全部、残虐行為の責任だけですわ」

「アメリカにも、事情があったんですよ。侵略戦争だということを証明したら、アメリカだって、イギリスだって、たたけば埃が出る。インドのパル判事が、少数意見として、この軍事裁判は無効だといっているのをみても、アメリカは、戦勝国として、いちおう威信を示したというだけのことです」

「残虐行為とか、俘虜虐待というのなら、何十万という非戦闘員を殺した、東京空襲や、広島の原爆や長崎のことは、残虐じゃないと言うんでしょうか」

「勝てば官軍です」

「阿波丸は、どうなりますか？」

「勝者の無理はとおるが、敗者の道理はとおらない」

「終わったのと同じですわ」

「いや違う。少なくとも、阿波丸に関しては、終わっていないと思うな」

「なぜ？」

「真相が、わかっていないし、世間が問題にしていないし、重大な証人が一人生きているからです」

「世間が問題にしていない、とは？」

「だまってがまんしている二千人の仲間がいるということです。さわぎたてれば、問題が表面化して、政府も、ほうっておけない。アメリカ政府も。しかし、静かに、時をかせいで、ある時期に、それが表面に出ると、――僕には、いまのところ、どっちだかわからないが、アメリカ政府か、日本政府にとって、大きな打撃になると思うんです」

「方法は？」

「ペンが残っている。僕には、それから遺族会の結成」

「下川さんの告白」

「僕は、これから、もう一度、やり直してみようと思う」

「何が、あなたを奮起させたんですの？」

「桜間未亡人の言葉です」

「そうね。桜間さんという人がたどった運命は、桜間さん一人の特殊例ではないわ。数えきれない人たちが、軍を批判したとか、戦争を否定したとかいう理由で、前線へ飛ばされているわ」

「大臣クラスの人もいた。議会で、反戦演説をして、フィリピンへ飛ばされた。二等兵でね」

「でも、高須さん」と敦子はそのとき、少しあらたまっていった。「あたしたちの敵は、誰なの？　何なの？」

「………」

「アメリカだといっても正確じゃないし、日本の軍部や政府だと考えても、じゃあ、その中の誰か、といわれたら、わからないじゃありませんか」

「その通りです」と、高須は答えた。「われわれの敵は、すべての、人間的でないもの、といえるかも知れない」

「人間的でないもの……」

「もしかすると、僕たち二人も、その中にはいっているかも知れない」

「高須さん」と敦子はいった。「あたし、人間的でない生活をはじめて、ずいぶんたっていますわ」

「守屋正彦の妻でなくなった、という意味ですか？」

「ええ。悲しむことも、忘れていました」

「しかし、いかりは、人間的な感情ですよ」

「でも、それを、なにかのかたちで実行したり、相手にぶつけるときは、そうではありませんわ。人間的でない、なにかになってしまったんです」

「しかし、それが、どうだというんです？」

「あたしだって、疲れました」

「この状態の中で、人間的であろうとするなら、その方法は一つしかない」

「なんですの？」

「愛情ですよ」

「守屋とのことをおっしゃるのでしたら、守屋が、かわいそうですし、高須さんとあたしのことでしたら、それは詭弁ですわ」

「たぶんね。衣食たりて礼節を知る、という言葉があるが、――許して下さい」

「べつに、許すとか、許さないとかいうことではないけれど、――考えてみると、高須さんのおっしゃったことは、本当かも知れない」

「外交官守屋正彦の奥さんが、そんな、よごれた下着を何日も着ていたら、おかしいですよ」

「………」

いっとき、いままで、まったくとざされていた感情が、敦子の中で動いたようであった。人間は、食糧がないと、衣服のことまで気がまわらないようであった。高須の言葉は、残酷であったが、それは言わなければならないことのように思えた。感情をとりもどさなければ、生きてはゆけないところまで、高須は追いつめられたような気がしていたのだ。

「今晩は、酒でものんで、明日は洗濯だ」と、高須はいった。

酒も手にはいらないが、月に一度くらいは、のむことができた。

「あたしも、いただくわ」

「のんだことがあるんですか？」

「いいえ」

「じゃあ、少しだけですよ。酒のみはいやしいものでしてね。あなたに飲まれる分だけ、僕の分がへるわけだ」

「ご自分だけ、人間的になろうとおっしゃるの？」

「人間的であることを通り越して、けだものになるほどの量はない」

「安心ね」

「その通りです」

「僕がまだ杉並にいたころ、あなたがたずねて来て、ウイスキーを下さった。暑い夏だったが、あのときは酔ったな」

「今日も、どうぞ」

「これだけの酒で、酔えというんですか」

「あたし、やめます」

「考えてみると、敦子さんは、あのころまでは、ひどく女っぽかった。いつの間に、人間的でなくなったのかな」

「自然に、そうなったのよ」

「のめば、少しは、女っぽくなりますか？」

「さあ、どうでしょう」

そのうちに、守屋敦子は、目のふちを桃色にした。しかし、高須の思考は、別の世界へはいっていった。

自分にはペンがあるといったが、一人のペンの力で、この巨大な悪徳を摘発することができるだろうか。高須は新聞記者だから、終戦以後、新聞というものが、どういうふうに圧迫されているか、よく知っていた。それは、日本の軍部の支配下にあったときと、少しもかわりはないように見えた。たぶん、だれかが高須のペンを折ることは、きわめて容易なことに違いなかった。そうだとすると、人間の集団を、つまり、阿波丸の遺族会をつくらなければ、力にならない。しかし、どうやって、その人たちに呼びかけたらいいだろうか。

「なにを、考えていらっしゃるの？」

「きわめて、人間的でないことですよ」と、高須は答えた。

「たとえば？」

「だれか、国会議員をつかまえて、国会で動議を出させるんだ」

「…………」

「しかし、その前提として、下川勘次の、もっと正確な記憶が必要です」

「与党では駄目ですわ」

「多分ね。要するに、阿波丸について、なにか人目に立つことを起こせばいいでしょう。そうすれば、連鎖反応が、きっと起こる」

「急がなければ……」

「下川勘次は病人だ。明日、行きましょう。無駄でも、やはり緒口は、彼の記憶しかない」

酒は、酔わないうちになくなってしまった。寒い夜であった。食糧が充分でないから、よけい寒いのかも知れなかった。高須は、蒲団を頭までかぶった。

二十五

池袋の、下川勘次の入院している二階の病室の窓から、巣鴨拘置所の塔が見えた。下川勘次は、いくらか弱ってはいたが、話をするのに不自由はなかった。

「よくきいてほしいんですが」と、高須はいった。「日本政府も、アメリカも、どういうわけか、阿波丸の問題には触れようとしない。戦争だったのだから、といえばそれまでだが、阿波丸に乗っていたのは、非戦闘員の二千人なんですよ。その人たちはいまだに、なんの賠償もうけてはいない。僕は、国際法で、アメリカが日本に賠償しようと、日本の政府が犠牲者である国民に賠償しようと、その方法はかまわない。このまま、われわれが泣き寝入りになってしまうことをおそれるんです。

いままでも種々な努力をしたが、全部、失敗した。残された方法は、一つしかない。それは、だれか、国会議員にたのんで、この問題を、もう一度、公表したいんです。しかしそのためには、あなたから、たしかな情報を得たい。もし、僕たちに話したくないというのだったら、お膳立てはしますから、国会で証言してほしい。あなたが、こうやって病院にいるのも、妻子をすてているのも、本来はあの事件が発端になっているのでしょう。僕たちは、あなたが、なにもしゃべらないことについて、ずいぶん考え、話し合った。しかし、戦犯の処刑が行なわれるこの冬が、一つのチャンスだと思ったのですよ、あなたのために」

「…………」

「いったい、あなたは、何を見、聞いたのですか。あなたにそれを言わせないのは、何なのですか。金……」

「違います」

「脅迫……」

「いや」

「ただ、頼まれただけ？」

「忘れてしまったんですよ。もしかすると、私はどこかで頭を打って、記憶喪失になったのかも知れない」

「下川さん、こっちでも、だいたいの調べはついているんですよ」

「脅しても、駄目だ」

「脅すつもりはない。どうせ、僕たちよりも、マックアーサーの脅しの方がきくでしょうからね」

「違います」

「問題の要点は、グアム島での軍事裁判のことなんです。さらにこまかく言うと、クイーン・フィッシュは、阿波丸が交換船であることを知らずに撃沈したのか。そうだとすれば、本国政府の電報を、ラフリン艦長はうけとっていなかったのか。阿波丸が交換船であることを知って、国際法を犯してまで、手続きを省略して撃沈したのか。軍事裁判で、そのことが、どういうふうに論議されたのか、艦長は、どんな処罰をうけたのか」

「忘れた」と、下川勘次はつぶやいただけであった。「ほんとうに」

「いつまで忘れているつもりです？」

「忘れたのだから、いつまでということはない」

「あなたは、おそれているのでしょう。なにかを。——それは何です？　アメリカの監視ですか？　マックアーサーとの約束ですか？」

「なにも言えないのです」

「下川さん。あなた、グアム島にいたときか、東京で軟禁されていたときに、アメリカ人から、なにか薬をもらってのんだとか、注射をされたとかいうことはありませんか？」

「高須さん」と、そのとき、窓から外を見ていた敦子がいった。「その質問、どういう意味ですの？」

「思いあまると、人間は途方もないことを、思いつくものだ。僕はね、記憶をなくする特別な薬品が、アメリカにはあるかも知れない、と考えたんです」

「馬鹿な」と、下川勘次はいった。「そりゃ、検疫はうけたが、——私だって日本人ですよ」

「日本人だと思うから、本当のことを言って下さいと頼んでいるんです。あなたが話してくれれば、僕はなにも余計なことを考えたりはしない」

「いまの、国会の話ですがね」と、下川勘次はいった。「いままでわかっていることだけで、やることができないんですか？」

「犠牲者でも、遺族でもない一人の議員を、口説くんですよ。夢のような話じゃ困る」

「しかし、実際、阿波丸は沈んでいますし、新聞によれば、アメリカは、賠償は戦後にと言ったんでしょう」

「日本はいま、被占領国だ。輿論を動かすためには、さらに沢山の確証が必要なんです。しかし下川さん。あなたは、僕たちが国会に働きかけることに反対ではないんですね？」

「もちろん反対はしません。正しいことでしょう。しかし、いま私が証言を求められても、いままでに話した以上のことは、話すことがないのです」

「かなり、根気よく、しつっこく、やって来たつもりだったが」と、高須は、下川にともなく、敦子にともなくいった。

「どうやら、下川さんの方が上わ手らしい」

いったい、言葉というものが、どれほど相手の心に理解され、浸透するものなのだろうか。話していると、高須には、下川勘次が、日本人ではないような気がした。わかったのは、この人は、まだ何もしゃべる気はない、ということだけであった。

外へ出てから、高須は、小さなコーヒー店にはいって、敦子と話した。

「どうも、順序を、逆にしなければならないようです」

「逆に、というと、どういうこと？」

「先に、国会議員を説得するんです。そうして、いやでも、下川勘次に証言させる」

「同じことではないの？」

「たぶん、少しは違うでしょう。僕たち個人三人の力よりもね」

「あたしは、なにも言いませんけれども、それを、だれかにお頼みになるの？」

「議員は、政府を攻撃するたねを探していますよ。もちろん革新系の連中ですがね。たとえば、隠匿物資の摘発なんていうのは、じつに下らない、個人的な、感情的な情報から動いているんですよ。日本人同士が、泥試合をやっているのは、悲しいことだが。——それにくらべたら、阿波丸の問題は、当然、日本人としてやらなければならないことです。だから、僕は、この方法が成功するだろうことには、楽観している」

「ですから、誰に？」

「まだ、きめていません。社へ行って、上の人と相談してみます」

「成功すれば、いいけれども……」

「成功しそうもない、と思っているような口ぶりだ」

「信じられないんです」

「先に帰っていて下さい。夜には帰ります」

「そうしますわ」

守屋敦子とは、池袋の駅でわかれた。

与党の議員に頼むのは滑稽であった。野党の議員だとすれば、なるべく多数の議席を持つ野党で、その人は党内で強力な発言権を持っていなければならない。人選はかなり困難であったし、編集局長に相談すると、阿波丸の問題を、いま新聞がことさらさわぎ立てることはできないが、国会が問題にすれば、それは大々的に書くことができる、といった。

局長は、そう言って、革新系の山本という議員を紹介してくれた。高須が、敦子との約束をやぶって、山本代議士に逢ったのは、その日の夜であった。小柄な、口ひげをたくわえた議員は、高須の話をきき終わると、興味ぶかそうに言った。

「君のいうことはわかった。私も、日本の政府が、あまり弱腰なのに腹を立てているんだ。もし、君のいっていることが、立証されたら、吉田内閣を総辞職に追い込むことができるかも知れない」

「是非そうしてほしいのです。もっとも、僕たちは、内閣を窮地に追い込むことよりも、アメリカの賠償履行と、遺族会の結成に重点があるんですが」

「いちおう、下川という人に会ってみよう。ひきうけたよ、君」と国会議員はいった。

しかし、考えてみると、この小男に、果たして何かできたというのだろうか。

更けてから、高須は市兵衛町へもどった。

「どうでした?」と、敦子はきいた。

「急に、代議士に逢うことになってね。山本という男です」

「やってくれそう?」

「わからない。しかし、僕たちには、もうほかの方法はないんです」

「山本さんと、下川さんを、会わせなければならないでしょう」

「近いうちに」

「そのとき、立ち会った方がいい?」

「多分ね。しかし、この方法が最後の方法だとは思うが、成功するとは、かならずしも思えない」

「信じなければ……」

「誰を?」

「ご自分を、ですわ」

「一新聞記者に、何ができるかな」

「高須さん」と、敦子は言った。「弱気になっては駄目ですわ」

「弱気というんじゃない。自分の力で何もできないことが、僕をいらいらさせるだけだ」

東条ら七人の死刑が執行されたのは、その年の十二月二十三日であった。

新年になっても、山本代議士から、なんの連絡もなかった。それで、池袋の病院へ、下川勘次をもう一度たずねると、下川は、こう言った。

「来ましたよ、議員さんが……」

「来た? それで?」

「それで、とは?」

「何をきいて行ったかと聞いているんだ」

「阿波丸の沈没位置です」

「沈没位置？　それだけ？」

「そうです」

「それが、何になるのだろう」

「私には、関係のないことです。阿波丸は、きめられた航路を、きめられた時間に通過していた。したがって、沈没した位置は、外務省にしろ、アメリカ政府にしろ、わかっているはずです」

「山本代議士は、それしか聞かなかったのか？」

「その通りです。しかし私は、船長ではないので、正確にはわからない。無理なことです」

下川の話は、高須にとってショックになった。年があけてから、高須の耳に、山本代議士が、阿波丸の引き揚げにのり出した、という話がつたわってきた。

二十六

〔官報〕号外　昭和二十四年四月七日
○第五回国会衆議院会議録第十三号
本日の会議に付した事件
阿波丸事件に基づく日本国の請求権の放棄に関する決議案（広川弘禅君外七名提出）

午後二時二十六分開議
○議長（幣原喜重郎君）　これより会議を開きます。
阿波丸事件に基づく日本国の請求権の放棄に関する決議案（広川弘禅君外七名提出）
（委員会審査省略要求事件）
○山本猛夫君　議事日程追加の緊急動議を提出いたします。すなわち広川弘禅君外七名提出、阿波丸事件に基づく日本国の請求権の放棄に関する決議案は、提出者の要求の通り、委員会の審査を省略してこの際これを上程し、その審議を進められんことを望みます。
○議長（幣原喜重郎君）　山本君の動議に御異議ありませんか。
〔「異議なし」と呼ぶ者あり〕
○議長（幣原喜重郎君）　御異議なしと認めます。よって日程は追加せられました。阿波丸事件に基づく日本国の請求権の放棄に関する決議案を議題といたします。提出者の趣旨弁明を許します。岡崎勝男君。
〔岡崎勝男君登壇〕
○岡崎勝男君　ただいま議題となりました阿波丸事件に基づく日本国の請求権の放棄に関する決議案の趣旨を御説明いたします。まず決議案を朗読いたします。
阿波丸事件に基づく日本国の請求権の放棄に関する決議、わが国は、連合国の同情ある理解により、今や戦争の荒廃から脱却して、平和と自由及び民主主義の高遠な原則の具現とを目指して、再建の歩を進めつつある。米国は、主たる占領国として、占領政策の設定と実施に当っては、主導的な立場にあり、しかも同国政府及び同国民がわが国の復興と再建のために与えられた多大の援助に対しては、わが国民は、感謝措く能わないところである。われわれは、この感謝の念を表現する一方法として、次のことを政府に要望する。

一、わが国は昭和二十年四月一日に発生した米国海軍艦艇による阿波丸撃沈事件に基づくすべての請求権を、自発的に且つ無条件に放棄すること。

二、政府は速かに、連合国最高司令官のあっせんの下に、米国政府と商議を開始し、前記請求権の放棄を基礎として、本事件を友好的に解決すること。

三、政府は国内措置として、本事件の犠牲者を慰藉するため適当な手段を講ずること。

四、政府は本決議に基づいて執った措置の結果を本院に報告すること。

右決議する。

諸君は、阿波丸事件を御記憶のことと思います。同船は日本郵船会社の船でありまして、連合国側の俘虜及び拘留者にあてられた米国からの救恤品を積んで、昭和二十年二月十七日、南方諸地域に派遣せられました。この救恤品輸送は、米国政府からの要請に基づいて行われ、連合国より安導券を与えられておったのであります。阿波丸はその使命を果した後、帰途についたのでありますが、その途中、四月一日真夜中、台湾海峡において一米潜水艦により撃沈せられました。

この事件はその後スイス政府を通じて、日米両国政府間に交渉が行われた結果、終戦直前すなわち昭和二十年七月五日、米国政府は、わが政府に対し、同船撃沈に関する責任を認める旨を通知するとともに、賠償問題に関する話合いは、敵対行動終結後までこれを延期することを提議して来た由であります。聞くところによりますと、この事件に関しては、政府はその後引続いて米国政府と折衝を続けていた由でありますが、いまだに解決に達しておりません。

しかしながら終戦後の事態を見ますると、米国は主たる占領国として、われわれを真の民主国家として立ち直らせるために、また飢餓及び疾病の防止、産業及び通商の回復、その他戦争のために荒廃したわが国経済再建を援助するために、常に先頭に立って尽力されているのであります。またわが国民の引揚げのため、その船舶を貸与されましたのみならず、その促進のためにも多大の努力を払っております。なお米国議会は、米国民の犠牲において日本の救済及び復興のため、巨額の資金の支出を決定しておりますことは御存じの通りであります。のみならず占領費並びに終戦以来米国政府によって、わが国に供与された借款及び信用は、わが国にとっては債務でありますが、わが国の経済の復興及び再建にまことに有効なものであります。

かくのごとく米国の好意を物語る数々の証左に直面して、われわれはこれに比べれば、〔註二〕比較的少額の阿波丸事件の賠償請求をいつまでも固執することは、衡平の観念から見ても、また米国国民の感情を考慮する上からいっても、むしろ当を得ないことであると感ずるのであります。よって私は、この際この事件に関するすべての請求権を放棄すべきこと、そしてまた政府は米国政府との間に、右の趣旨にて事件の友好的な解決をはかるとともに、国内措置として本事件犠牲者を慰籍するため、適当な手段を講ずべきことを提案するものであります。

この目的のため、われわれはここに本決議案を提出いたした次第であります【註二】。これはすべての日本人の純粋なる感情を反映するものであると信ずる次第であります。何とぞ満場一致御賛成あらんことをお願いいたします。（拍手）

○議長（幣原喜重郎君）質疑の通告があります。梨木作次郎君。

〔梨木作次郎君登壇〕

○梨木作次郎君　今提案になりました決議案の内容について、少しばかり質問したいと思います。

この決議案の内容になっている問題は、日本国政府が米国政府に対し、持っている阿波丸撃沈による損害賠償の請求権を、主たる内容とする債権の放棄に関するものであります。そこで提案者に伺いたいのは、これは一面、外交関係を含む事案であると同時に、財政に関する問題であります。外交関係の処理は、内閣がこれをなすべきものであると信じます。ところで、現在、外交自主権のない日本の現状におきまして、一体これはどういう形式と立場において、政府は米国政府と商議をするのであるか。換言すれば、対等の立場において、これは商議するものであるかどうか【註三】。提案者にこの点を明確にしていただきたいと思うのであります。第二番目には、この決議案の内容に含まれている事案は、講和会議の際に処理すべき問題であると信じます。しかるに講和会議前に、なぜ早急にかかる問題を処理しなければならないのか、その理由を提案者において明確にしていただきたいと思うのであります。

第三番目には、外交に関する限りは内閣において処理すべきものと思いますが、しからば内閣はこの問題について現在いかような見解を持っているのか、この点について提案者が知り得た内閣の意向を明確にしていただきたいと思うのであります。

第四番目には、これは米国に対して日本が持っておるところの損害賠償その他の債権を放棄することであります。そこで財政法第八条によりますと、「国の債権の全部若しくは一部を免除し、又はその効力を変更するには、法律に基づくことを要する」となっておるのであります。従いまして本事案の内容となっておるような債権を放棄する場合におきましては、必ず法律に基づかなければならないはずであります。従いまして、かかる法律を無視したところの内容を含む決議案、この点に関する提案者の見解を聞きたいと思うのであります。

さらに第五番目には、【註四】本事件の犠牲者に対しては、今までにどの程度の国家としての賠償を行っているか、つまり犠牲者に対してはどの程度の慰籍が現在までに行われているか、これを明確にしていただきたいのであります。聞くところによりますると、債権は二億円だと聞いております。ところでこの二億円の賠償の内容です。つまり船会社に対してはどれだけの賠償をなし、また乗船者、こういう人たちに対してどの程度の賠償が行われて来たのかどうか。また今後、行うのかどうか。この賠償の内容を具体的に明確にしていただきたいと思うのであります。大体以上の点について、提案者にわれわれが納得の行くような明確な答弁をお願いいたしたいと思います。(拍手)

二十七

〔岡崎勝男君登壇〕

○岡崎勝男君　提案者として簡単に御質問にお答えいたします。外交関係でいかなる形式であるかというのが、第一の御質問でございますが、これは決議案にもありますように、現在は非常に変態的な情勢でありますので、【註五】最高司令官のあっせんによってということがありまして、これで十分意を尽しておると考えております。

第二に、講和会議以前にこの問題を提起するのはどういうわけかということでありますが、これはただいま提案理由に説明いたしましたように、今までも、また今後も予期せられるアメリカ側の数々の好意に対して、具体的に感謝の意を表するのが一つの理由であります。【註六】また講和条約まで延びると、遺族の人たちに与え得べき補償も自然と延びる、こういう考えから、なるべく早くという意向であります。

第三に、内閣の意向はどうであるかということでありますが、これは私どもは国会の意志として決定したいという考えで、特に内閣の意向を確かめておりません。

第四に債権の処分についてどうかということでありまするが、これは決議案が可決されたあとの問題だろうと考えております。

第五にいかなる補償をしておるか、また今後どういう補償をするかということでありますが、これは聞くところによりますと、乗船者は官吏もあり、軍人もあり、あるいは会社の社員もあり[註七]、その各方面でおのおの規定に基づいて従来補償をしておったそうであります。今後いかなる補償をするかは、国会の決定するところであろうと考えております。（「二億円はどうした」と呼びその他発言する者あり）追加いたします。二億円の内容についてはいろいろありまするが、これは日本の請求権でありまして、決定された金額ではありません。（拍手）

○議長（幣原喜重郎君）これにて質疑は終了いたしました。これより討論に入ります。西村栄一君。

〔西村栄一君登壇〕

○西村栄一君　私は日本社会党を代表いたしまして、遺憾ながら本決議案に賛成の――反対の意思表示をいたすものであります。（「もう一回やれ」と呼びその他発言する者あり）反対の意思表示をいたすものであります。

ただいま提案者において説明せられたごとく、わが国は終戦以来三年七ヵ月の間、連合軍、特にアメリカから多大の援助をこうむって参りましたことは、民自党の諸君と寸毫もかわらず、われわれは感謝いたしておるのであります。この援助と支援があったればこそ、戦後における混乱を切り抜け、敗戦から壊滅的な状態にありましたわが国の生産界は、立ち直りを見せたのである。われわれはここにおいて、これだけ今日の国情の回復に対しましては、満腔の感謝をささげることにやぶさかではないのでございますが、しかしながらこれと……（発言する者あり）これと、国民が有する権利の放棄とは、政治は峻烈に区別しなければならないと存ずるものであります。（拍手）本阿波丸の事件は、これはアメリカ政府におかれましても、自己の過失を承認せられておるのであります。少くとも、賢明な各位に申し上げるまでもなく、政治の責任とは、これは八千万国民の生命と財産と平和とを、われわれは信託を受けておるのであります。この国民多大の期待のうちに、国民の権利と国民の財産と平和とを守らなければならぬところの政府が、あるいは日本国会が、みずから道義と条理に従わずして、一片の感情にかられてこれを放棄するということは、後代に悪例を残すものであるといわねばならぬ。（拍手）少くともわれわれは、今日のアメリカに対する感謝と、この厳然たる国民の権利を主張するということにつきましては、明確にこれを区別しなければならないのでございます。提案者の御趣旨もよくわかります。しかしながら、われわれが将来、国際社会に復帰するときがありましたならば、少くとも外交界における権威者とせられておる岡崎君、並びに現総理大臣は外務大臣を兼任しておられるのでありまして、多年の外交官として世界情勢に通暁せられ、しかも国際法において明るいこれらの人々を政府に迎え、議会に迎えて、日本国家が将来平和会議の後において、独立して国際外交の上に進出して行きまするのときが一日も早からんことをわれわれは希望するが、そのときにあって、みずから道義と条理に従わずして、日本国民の権利を放棄するということであれば、後代の国際社会における日本国民は、今日の国会のこの卑屈なる態度に対して、いかなる批判を与えられるかということを、われわれは憂えざるを得ないのであります。（拍手）

かつては軍部盛んなときには軍部の意を迎え（発言する者あり）、あるいはまたあらゆる強者におもねるという……（発言する者あり）道義をわきまえずして強者におもねるという、遺憾ながら日本国民の片すみに巣くうところの封建的な思想を、われわれは払拭しなければ、この間隙から……（発言する者あり）諸君、この間隙からファッショが台頭し、左翼の過激なる思想が台頭するということを考えてみますならば（発言する者あり）われわれはすべからく日本の政治は断固として道義と正義に立脚して、主張すべきものは主張しなければならないと存ずるのであります。この意味におきまして、遺憾ながら岡崎君提案の本決議案に対しましては、社会党は反対いたすものであります。

ただ問題は、私は単にこれだけではございません。一、二分最後の結論として結びつけますならば、わが国が今日主張するものは、当然な要求する権利の主張を放棄してはならぬということ。これは阿波丸事件だけではございません。問題は、今日三年七ヵ月たってなおソ連に抑留されておるところのわが同胞の帰還に対して、本国会は一大熱意を……（「共産党の責任だ」と呼び、その他発言する者あり）示さねばならぬと思うのであります。

もちろんこれは日本共産党の責任にあらず、私どもは国会の名においてソ連邦に要求することが当然であると信ずるのであります。ポツダム宣言第九条におきましては、武装を解除するならば日本国民は国へ帰して、平和なる生活と生産に従事することを保障すると明記しておるのでありますが、終戦以来三年七ヵ月間、軍人にあらざるこれらの国民をも、なおソ連邦内に分散抑留して強制労働に服さしておるという現状は、はなはだ日本国民として遺憾なりと存ずるのであります。（拍手）これに対しましても、われわれは一日も早く即時帰還を要求するとともに、その死んだか、生きたかわからない生死不明の氏名を発表してもらいたいということを、正々堂々と要求し得るの権利もあるということをあわせてつけ加えまして、私はこの決議案に対しまして反対するものであります。御静聴を感謝します。（拍手）

○議長（幣原喜重郎君）　次は今村忠助君。

〔今村忠助君登壇〕

○今村忠助君　私は民主自由党を代表いたしまして、ただいま提案されております阿波丸事件に基づく日本国の請求権の放棄に関する決議案に対して、賛成の意を表明せんとするものであります。（拍手）

大体阿波丸事件というものは、昭和二十年の四月一日、【註八】霧の深い夜起きた事件であります。しかもいわゆる安導券なり、一定の協定のもとに照明も標識もあったとは申しますけれども、【註九】その事件の起きた場所は、あらかじめ協定されておる地域から八マイルそれていたこと。進航状態において三十四マイル進み過ぎておったと云われていることを、一応、考えてやらなければなりません。【註十】またアメリカにおきましては、聞くところによりますと、すでにこの問題に対しまして、責任者に対する処置は終っておると云われております。まず、いわゆる阿波丸事件の起きた状態がかようなものである。そしてまた、すでにアメリカの側においてこの処置が済んでおると聞いております。

第二点におきましては、今回決議案として提案されたところのものは、すでに前内閣時代に用意されておったと聞くのでございまして、いわゆる前内閣の与党であった社会党の人たちが、しかも西村君のごとき幹部が、時をかえたならば全然違った立場で演説されるという、そのかわった態度に驚かざるを得ないのであります。（拍手）われわれは静かに顧みますれば、終戦以来アメリカから受けているところの経済援助は、実に数字にあげれば莫大なるものであります。いわゆる敗戦国の日本でありながら、街頭にほとんど飢えて死ぬ人を見なかった事実は、われわれ心の中から感謝しなければならないことであります。ことに最近の新聞の報道するところによりますれば、アメリカは移民法を改正して、かつて拒絶しておった日本の移民をも、ある時期が来たならば入れようという態度をとられておるやに聞き受けます。またこれに関連いたしまして、現在アメリカに在住する八万五千名に近いところの同胞が、アメリカに帰化するところの権限をも与えられようとしております。かように考えて参りますれば、アメリカが日本に寄せるところの好意は絶大なるものがあると考えなければならぬのであります。

われわれは、いうところの武士道精神――（発言する者あり）その流れをくみ、かような時勢ではありましても、あらかじめこれを放棄いたしまして、この多大な援助に報いなければならぬとともに、すみやかにいわゆるアメリカの経済援助を受けて、日本の再建がいっときもすみやかになされんことこそ、今日われわれ政治家として、努力いたさねばならぬところであると確信するものであります。われわれはこの見地に立ちまして、このいわゆる請求権をも放棄して、日本再建の一時もすみやかならんことを期するものであります。(拍手)

二十八

○議長(幣原喜重郎君)　次は今野武雄君。

〔今野武雄君登壇〕

○今野武雄君　私は日本共産党を代表いたしまして、本案に反対の意を表明せんとするものであります。

まず第一に、この決議案によりますと、合衆国政府の援助に対する感謝の念を表現する一方法としてということが載っておりますが、そういうことで、国際法上当然の権利として取得した請求権を、こちらから一方的に、かつ無条件に放棄するというようなことは、まことに卑屈な態度といわざるを得ないのでありまして、その点、私ども絶対に反対であります。(拍手)　日本政府は賠償として支払うべきものは当然払わなければならない。しかし取るべきものは取る。こういう公正かつ毅然たる態度をとるべきである。そして本決議案のような、卑屈な、ごまかし的な態度をとるというようなことは、決してしてはならないのであります。なおこの点については、先日、吉田首相が施政演説におきまして、わが国の自主性というものを強調されたことと、私は矛盾撞着するものと考えるのであります。提案者は、さっきの弁明によりますと、この措置が友好を示すために必要だというふうに聞えたのでありますが、しかし、アメリカは御承知のように、ビジネスライクということを好む国である。そういう国に対して、友好的な態度というのは、やはりビジネスライクにやるのが当然だと思うのです。その点でも、区別をはっきりつけるというやり方でやっていただきたい。こういうようなやり方は、断じてしてはならないのだと私は思うのです。それから第二に、私は本事件の犠牲者に対して、やはり皆さんとともに衷心から哀悼の意を表するものでありますが、しかしそれに対する賠償は、当然、国際法上の手続によって取得することのできる賠償金によって充てるべきであります。断じて国民の負担においてやってはならないと思うのです。これは筋違いだと思うのです。【註十二】特にさっきの弁明者が答弁できなかった点、つまり二億円の内訳はどうだという点について、答弁できなかったのですが、この点は非常に重大だと思うのです。当時の二億円というのは、現在どのくらいになるか、これは見るところによって違うでありましょうが、相当莫大な金になるはずだ。その大部分は、私ども推察するところによれば、船会社にやってしまうんじゃないかと思うのです。そういう点から考えると、現在、特にこのときに、こういうような決議案を出すのは、一体どういう意図か。こういうことを考えてみますならば、民主自由党は多数を擁して、この船会社に奉仕するようなことをしようとしているのではないか。こういうふうにも考えられる。こういうような国民の疑惑を招くようなことは、与党としてやるべきではない。そういうふうに考えるのであります。

第三は、先ほどの質問者も申しておりましたが、手続上においてもまた遺憾な点がございます。元来この事件に対しては、公文書によって政府と政府との間にきちんとしたとりかわしがしてあるはずです。そうすれば、そういうことはまずもって、やるとすれば内閣が責任を持ってここに提案して、それで国会においても、外務委員会並びに大蔵委員会などにおいて慎重に審議して、それから本会議に出さるべきである。しかるにそういうような手続を省いてやるということは、やはり国民を愚弄するものである。こういうふうに考えるのです。この意味でもまたわれわれは反対である。最後に私は、この事件を解決する機会と方法というものは、別個に存すると考えるのであります。すなわち、やがて開かれるべき講和会議において、この問題も織り込んでやるべきである。これが当然のことなんです。従って私といたしましては、満堂の皆様とともに、できるだけ早く講和会議が開かれることを期待しまして、そうしてその機会に、あらためて本事件の処理をなすべきであることを主張するものであります。

以上三つの理由によりまして、私は本決議案に絶対に反対しまして、提案者がこれをすみやかに撤回されんことをお勧めする次第であります。（拍手）

○議長（幣原喜重郎君）次は岡田春夫君。
〔岡田春夫君登壇〕
○岡田春夫君　私は労働者農民党を代表いたしまして、この決議案に対して反対をいたします。反対の理由は三つあります。
先ほど社会党、共産党から反対をされましたのと大体同様の趣旨でありますが、まず第一に、われわれは国際法上の立場から、この決議案に対して反対をいたすのであります。国際法上の立場において、多言を要するまでもなく、この阿波丸の問題につきましては、アメリカ本国においても、明らかにみずからのあやまちであることを認められております。それだけに、認められました結果として、賠償の問題が当然このあやまちの上に立って行われるとするならば、かような決議案を出されるということは、まったく本末顚倒であると考えます。（拍手）私たちは、国際法というものが、単に日本とアメリカの、この阿波丸の事件の問題だけで汚されて行ってはならない。全世界の国々の間における法律の関係が、あくまでも守られて行くとするならば、この阿波丸事件を通じても、あくまで正しい国際関係が守られて行くのでなければならないと思います。まず第一において、この点からわれわれは反対をいたします。

第二の点は、このような賠償問題に対して、日本が民主国家として再建をする場合において、今後いかなる態度をもって行かなければならないか。日本の国が敗戦後において民主的な再建をするということは、ポツダム宣言においても、あるいはこの間の吉田総理大臣の施政演説によりましても、また経済九原則によりましても、自立的な再建を通じて、民主的に再建されて行かなければならない。このような民主的な再建を通じて、独立国の体面を保持いたして参ります場合において、先ほど申し上げたように、国際法上において明らかに誤りであると米本国において認められているものに対して、日本の国民自身が卑屈な態度をもって、これに対して権利を放棄するという態度は、これは日本の民主的な再建の考え方において、まことに考えの誤りであるとわれわれは考えるのであります。（拍手）私たちは、日本の国が民主的に再建されるためには、権利を正当に主張すると同時に、反面において義務も正当に、まじめに履行しなければならない。私たちは、敗戦による賠償の問題を忠実に義務として履行すると同時に、この問題は権利として堂々と主張するものでなければならないと思います。（拍手）私たちはこの意味においても、民主自由党の諸君のごとき、……考え方をもって問題を処理せんとする考え方は、断固として反対をするのである。（拍手）

第三は、日本の憲法の七十三条において、民自党の諸君もおわかりでありましょうが、七十三条には、内閣が外交の関係を処理しなければならないということが明確に書いてある。この問題につきましても、私たちはあくまでも吉田内閣が責任を負ってこの問題を解決すべきであって、ことさらに政府がこれを提案しないで、民自党が多数の圧力によって、かかる問題を議会の中でしゃにむに強引に押し切らんとする態度こそは、われわれは最も非民主的な態度であると確信をいたします。（拍手）もし吉田内閣が、真に日本の民主的な独立国家としての再建を望むとするならば、なぜこの問題を憲法の規定に従って、吉田内閣の責任において、みずから忠実に履行されないのか。これをことさらに責任を回避して、しかも議会側に責任を転嫁することによって、これを行おうとするような態度については、絶対にわれわれは反対することを申し上げておかなければならないのであります。以上三つの点につきまして、労働者農民党は、この決議案に対して絶対反対をいたします。

（拍手）

○議長（幣原喜重郎君）ただいまの岡田君の発言中、不穏当の言葉があったように聞えましたが、速記録を取調べた上、適当な処置をとることにします。

これにて討論は終局いたしました。

採決いたします。本案に賛成の諸君の起立を求めます。

〔賛成者起立〕

○議長（幣原喜重郎君）起立多数であります。（拍手）よって本案は可決いたしました。

この際、外務大臣より発言を求められております。外務大臣吉田茂君。

〔外務大臣吉田茂君登壇〕

○外務大臣（吉用茂君）衆議院が長期の間にわたる本懸案の解決のため発議されたことは、まことに欣快にたえないところであります。（拍手）政府はただちに本決議案を実施に移し、合衆国政府と商議を開始し、結果につきましては本院にさらに報告するとともに、しかるべき国内措置を講ずることといたします。（拍手）

二十九

高須は、仲間にたのんで、写真にうつしてもらった議事録を、敦子と、益田と三人で、詳細に検討することにした。それは、かなり憂鬱な仕事であった。光明が、少しずつ遠のいてゆくのを、自分たちの目で確かめているようなものであった。

「まず、註一からゆこう」と高須はいった。

〔註一〕比較的少額の阿波丸の賠償請求（岡崎勝男発言）何のゆえに、この阿波丸事件の賠償を「比較的少額」だというのだろうか。ここで賠償というのが、死んだ二千人の生命にたいするものであれば、人道上の問題である。広島や、長崎や、今度の戦争全体で失われた生命と、多少の比較をできるものではない。発言者は、アメリカが戦後、日本に示した好意にたいして「比較的少額」であると考えているのかも知れないが、それにしても「比較的少額」だから請求権を放棄してもいいということにはならない。どちらに過失があったかが、うやむやになる可能性がここにあった。この問題は〔註二〕とも関連する。

〔註二〕これは（請求権放棄）すべての日本人の純粋なる感情を反映する（岡崎勝男発言）すべての日本人に、事の理否を正してから出た結論ではない。国会議員は、日本国民が選んだもの、という意味から、国会議員の一部少数の提案者および政府の考えが、すべての日本人の純粋なる感情であるとするなら、議会政治とか、民主主義は、その意味を失う。阿波丸遺族が選挙で与党を選んだとしても、少なくとも遺族と考えられる推定一万人は裏切られたことになるだろう。

〔註三〕この決議案の内容に含まれている事案は、講和会議の際に処理すべき問題（梨木作次郎発言）

〔註四〕本事件の犠牲者に対しては、今までにどの程度の国家としての賠償を行っているか（梨木作次郎発言）

〔註六〕講和条約まで延びると、遺族の人たちに与え得べき補償も自然と延びる（岡崎勝男答弁）

〔註七〕その各方面でおのおのの規定に基づいて従来補償をしておったそうで（岡崎勝男答弁）

「註三の発言に対して、註六が答えていることになるけれども、これは詭弁だ」と、高須はいった。

「決議案の事案は、講和会議前にするか、後にするか、ということは、外交上の問題でね。それにたいして、提案者が、この請求権放棄がおくれると、政府の補償もおくれるというのは、どういうことなのだろう。理屈にならないじゃないか。アメリカが賠償金を出して、その中から遺族を補償するのならわかるけれども、国際法上の問題と、政府の責任で行なう補償とは別ですよ」

「註四と、註七も、一連したものだけれど」と、益田義夫はいった。「守屋さんは、註七にあるような補償を、すでに受けているんですか？」

「いいえ」

「僕だってそうです。無責任な答弁ですよ」

「僕は」と高須はいった。「僕は守屋正彦の友だちだから、彼の死によって、だれからも賠償をうける資格も、権利もない。しかし、益田君にしろ、敦子さんにしろ、この間の桜間未亡人にしろ、だれも、どこからも援助をうけてはいない。遺族会さえできていないし、正確には、乗船者の氏名もわかっていない。その各方面でおのおの規定にもとづいて従来補償していたなんて、よくそんな嘘がいえる。たぶん政府は、戦争でたくさんの人が死んだ、阿波丸だけ特別扱いはできない、と考えているんだろうね」

「議員の中に、事実を知っている人が一人もいないんですよ。いるのなら、この問題について、さらに政府を追求するはずだ。知っている人がいないから、政府はなんとでも言えるんです」

「だいたい、従来、補償しておったそうで、というのが気に入らない。そうで、というのは、事実を確認していない証拠だ」

〔註五〕最高司令官のあっせんによってということがありまして（岡崎勝男答弁）

「この答弁は、阿波丸事件について、最大の焦点なんだと思う。事実は、最高司令官のあっせんじゃなくて、闇取り引きなんだ。占領軍が、日木の政府に圧力をかけた、ともいえるし、もっと切実な意味からいえば、脅迫なんだよ。敦子さんは知っているでしょう?」

「マックアーサーじゃ、ありません。外交局長のシーボルトが、強硬な暗示をあたえたんです。もちろん、マックアーサーか、アメリカ本国政府の命令はあったと思うけれど、実際にやったのは、シーボルトだと聞きました。あっせんじゃなくて、よくいえば忠告……」

「具体的には?」

「つまり、この請求権を放棄しなければ、講和条約で日本が不利になる、という言い方をしているんです」

「当時、アメリカは、阿波丸を撃沈したことを認め、賠償に応じる、といったんでしょう?」と、益田義夫がいった。

「その通りよ」

「それが、どうしてこういう風になったんですか?」

「日本の政府が弱腰なんだ」

「しかし、アメリカとしては、日本が先に、国際法を犯して、武器、弾薬、戦時禁制品をつんでいたことを理由にすることができたでしょう」

「そこが問題でね。情報としてはあったが、阿波丸が沈んでいるから、物的証拠がない。アメリカは、下川勘次を証人としてとらえたが、逆に彼の証言で、アメリカにとって具合の悪い事実が明るみへ出た、としか考えられない」

「それは、何ですか？」

「下川勘次しか知らないことだ」と高須は答えた。

〔註八〕霧の深い夜起きた事件（今村忠助発言）
〔註九〕その事件が起きた場所は、あらかじめ規定されておる地域から八マイルそれていたこと、三十四マイル進み過ぎておったと言われて（同）

「霧というのも、問題になるね」と、高須はいった。「下川勘次が、日産会館でインタビューしたときのことを、もう一度、考えてみよう。第一回のとき、彼は〈霧はあったか〉という質問にたいして、おぼえていない、と答え、第二回のときは〈私が潜水艦を認めたくらいですから、霧はなかった〉と答えている。

民自党の今村忠助の発言は、だから、下川勘次の証言からいっているのではなく、アメリカ側の発表によるものだ。阿波丸の位置についても、これはアメリカ側から流れた情報で、アメリカ側の二つの点から、非は阿波丸にあったのだということを、強引に結びつけ、請求権放棄にもってゆこうとした計画が見えすいている」

「下川勘次は、その点について、グアム島で証言しているんでしょうか？」

「本人が口を開かなければ、わからない」

「やっぱり、謎を握っているのは、下川勘次さんですね」

「多分ね」と、高須はいった。


〔註十〕アメリカにおきましては、聞くところによりますと、すでにこの問題に対しまして、責任者に対する処置は終っておると云われて（今村忠助発言）

「変なことばかりですね。アメリカが責任者を処罰したから、日本も請求権を放棄する、というのは、無関係ですよ」と益田義夫は、首をかしげた。

「この矛盾にみちた決議案から、僕たちが知り得たことは」と、高須はいった。「アメリカ政府も、日本政府も、阿波丸事件を、闇へほうむろうとしているということだ」

「なぜですか？」

「益田君、なぜ、なぜ、ときいても仕方がない。その半分は下川勘次が知ってるだろうし、アメリカ政府と日本政府の間で、あとの半分が取り引きされたのだ」


〔註十一〕さっきの弁明者が答弁できなかった点、つまり二億円の内訳（今野武雄発言）

「これも、問題だね」と高須はいった。「二億円という数字が出たのは、昭和二十一年五月二十八日に、武内終戦連絡事務局長が、口頭でアメリカ側に提示した賠償金のことだ。内容は乗船者二千四名の人命にたいする損害賠償一億九千六百十一万五千円。生存者の家族に対する手当〈四ヵ月分〉千六百円。載貨にたいする賠償三千三十七万円。阿波丸の四ヵ月間の予想利益八十万円。合計で、だいたい二億二千七百二十八万六千六百円ということでね。アメリカ側が、二億円といったわけじゃあない。日本がそれくらいの賠償をもらってもいい、と考えただけだ」

「ところで」と益田義夫はいった。「この前、あなた方がたのんだ議員さんは、何をしてくれたのですか?」

「阿波丸事件を、国会で問題にするかわりに、彼は、金を集めて、阿波丸の引き揚げにかかったんだ」

「つまり、阿波丸を引き揚げれば、二億円になるというんですか」

「それ以上の金額だろうね」

「それで?」

「しかし、沈没した、と思われる海域に、阿波丸はない」

「そうすると、沈没地点に関して、アメリカは嘘の発表をしたのですか」

「そこがよくわからないんだ。潜水艦の艦長は、その地点を知っていたはずだ。しかし、それは、軍事裁判の記録にしか残っていない。定められた航路と、時間から計算して、沈没地点は想像できるが、実際に、この地点が正しくないとすれば、探しても、ないよ」

「アメリカが、引き揚げをやっていますか？」

「それは、わからない。日本と、国府と、中共と、三者が、阿波丸の引き揚げに夢中になっているだけだ」

「馬鹿な話だ。それで、引き揚げたら、それは、だれのものになるんですか？」

「わからないね。場所が公海だとすれば、所有権は日本にあるはずだが、しかし、どの国も、おそらく自分の権利を主張するに違いない」

「結局、結論はないんだ」と益田義夫は長い息を吐きながらいった。「国会が、この決議案を通過させて、アメリカへ通告したのだから、もう、理非を正す方法もないし、正したところで、どうにもなりはしませんよ。僕たちは、政府が補償してくれるのを待つだけですね。人の命を金額に換算はできないけれど……」

「ほんとうに、もう方法はないんですの？」

「敦子さん。政治的にも、金銭的にも、終わったのです。しかし、心の中の問題として納得するチャンスは、まだありますよ」

「………」

「下川勘次が、いつか、すべての事実をのべることによって、です」

「あたしたち、何もしなかったのと、同じでしたわね」

「そうかも知れない」と、高須は、重い心で答えた。

三十

その年の夏は、激しい暑さであった。高須と敦子は、出会ってからすでに四度の夏を共同で送っていたが、それらは、この夏ほど絶望的ではなかったようであった。絶望をはかる機械はないが、絶望の副産物として、高須は、酒をのむようになり、生活が荒れた。しかし、敦子もそうであったかどうか、高須は知らない。益田義夫も、また何かあるまで、といって、自分の家へ帰った。

「阿波丸犠牲者の遺族と思われる人にもし出会ったら、友人になっておきます。期待はできませんがね」と益田は、別れぎわにいった。

高須が、夏になって、毎日のように、新聞社の帰りに寄るのは、六本木の焼跡に、いちばん先にできた居酒屋であった。焼酎しかなかった。そこへ行くのは、なにかを一人で考えるためのようでもあり、いままで考えつづけてきたことを忘れるためのようでもあった。その二つは正反対の感情であったが、高須には、区別がついていない。

もはや、すでに終わっていた。忘れるべきであった。しかし、その終わり方が気に入らない。グアム島の軍事裁判の記録でも見なければ、このような茶番劇が、なぜ、日本とアメリカの間にあったのか、ほんとうのところはわからない。魔法の箱のようなものを見せられ、中をよく見もしないうちに、日米両国政府の手で蓋が閉められ、どこかへ持ち去られたのであった。

もちろん、あきらめる方が楽《らく》なはずであったが、どうしてもあきらめきれない気分が高須の心のどこかにあって、そこだけは、いくら酒をのんでも酔わなかった。あきらめられないとすれば、何をすればいいのだろうか。

敦子たちが、国を相手に、損害賠償の訴訟を起こすのが、順序なのか。しかし、それも、いまわかっている、確実な遺族の集団だけでは、無理であった。せめて正確な船客名簿があれば、できるかも知れない。連合軍最高司令官マックアーサーに直訴するか。しかし、国会があの決議案を通してしまったいまでは、遅いだろう。下川勘次の知っている真相を、新聞で発表したらどうだろう。これも、しかし、おそらく紙面にのりはしない。新聞は、いまのところ日本の新聞ではないのであった。待つ、――いつまで？

「高須さん」と、夜遅くまで高須を待っていた敦子がいった。

「このごろ、何をのんでいらっしゃるの？」

「焼酎ですよ」

「そう。焼酎って、家の中が匂うわ」

「すみません」

「そんな意味じゃないの。少しは、お酒がはいるようになりましたから、うちでのんで下さらない？」

「奥さんのような言い方をするね」

「いけません？」

「僕は、ただ、酔っぱらって寝ちまえばいいんです。安い酒でも、高い酒でも、同じことだ」

「違いますわ」

「どう違う」

「安いお酒は、からだによくありません」

「僕のことは、心配しないでください」

「ねえ、高須さん」

「何です」

「いつか、ずっと前、二人が結婚したら、と話したことがあったでしょう」

敦子は、汗はかいていたが、涼しい顔をしていた。言葉ほどに、感情は動いていない。

「それがどうしたんです？」

「こういう生活は、もう意味がないと思うんです。あたし、お酒ばかりのんでいらっしゃる高須さんを見ているのが、つらいんです」

「ひとのことですよ」

「いいえ。同居している以上は……」

「敦子さん。僕は、いままで忘れていたが、共同の目的があって、共同の生活をしてきたんだ。たぶん、そういう約束をした。そうすると、目的がなくなったいま、いっしょに暮らしている理由がない」

「それで？」

「下宿をさがします」

「ちょっと、お待ちになって、共同の目的は、まだ残っているでしょう？」

「下川勘次——いまさら、彼が何をいったって……」

「事実を知るということは、まわりの人が信じる、信じないは関係なしに、必要であり、義務だと思うわ」

「知っても、どうにもならない事実を、僕たちは、墓場まで持って行くんですか？」

「ええ」

「気が遠くなるような話だ。僕たちは人間だから、墓場へ持って行く前に、ほんとに忘れてしまうかも知れない。忘れちゃあ、すまない気もする」

「高須さん。男の人って、わりに弱虫なのね」

「弱虫？」

「耐久力がないと思うわ」

「それはつまり、女は、からだに脂肪が多いから、長く、つめたい水にはいっていられるんです」

「プールのことでないの。生活のことよ」

「わからないことを言いますね」

「高須さん。戦争って、人間を、みんな不幸にしてしまったでしょう。もちろん、戦争で、お金儲けをした人は別にして、無数の人たちの未来と愛情が失われた。これは、勝った国民も、敗れた国民も同じだと思うの」

「何を言いたいんです？」

「あたしたち、計画は、みんな手放しましたけれど、でも、もし、二人が幸福になったら、戦争に復讐したことにならないかしら？」

「詭弁ですよ」

「そうでしょうか」

「だいいち、敦子さんは、守屋正彦を、忘れるときは来ない」

「そう思っていましたわ。でも、四年の間に少し、かわって来たんです」

「忘れられそうになったと言うんですか？」

「あの人の記憶よりも、さらに強い力が、あたしをさらってゆけば……」

「無理だ」と、高須は笑った。「僕には、そんな力はないし、ただでさえ、結婚というものはうまくゆかない。お互いに過去を背負って……」

「日がたつにしたがって、高須さんの、あたしに対する愛情だか、友情だかは、薄れてきたようですわ」

「それは、一種の連帯感みたいなものにかわったんですよ。僕はいま、じつをいうと、敦子さんを女として見なくなっている」

「いま、お別れして、何年か先に、べつべつに結婚して、いままでのことを、忘れることができるでしょうか。ほんとうのことを言うと、あたしの中では、守屋より、高須さんの方が、ながかったし、近くにいて下さいましたわ」

「敦子さん」と高須は、酔いが急速にさめてゆくのを感じながら首を振った。「居酒屋の女に、惚れられて、一緒になろうといわれたら、案外あっさり承知しそうな気持ですよ。しかし、あなたはやはり、僕にとって、守屋正彦の奥さんだ」

「戸籍上はね」

「………」

守屋敦子が、感情的にでなく、理屈で、そういうふうに話したのには、理由があったかも知れないが、高須は、その夜の話で、とくべつ自分と敦子との間がせばめられたとも、新しい関係にはいったとも思えなかった。たぶん、高須の感情には、絶望という幕がはりめぐらされており、それを敦子も知っていて、そういう言い方をしたのかも知れなかった。

高須にとって、焼酎で酔った頭で、それだけ議論したことは、酔いはさめたにしても、ひどい疲労をもたらしたようであった。いつ、どうやって眠ったか、高須はおぼえていない。夜中に、のどがかわいて目をさますと、汗をかいていたので、井戸へいって水を浴びた。そこはもう道路のつき当たりの家ではなく、少しずつ区画整理をされて、路地がいくつも走り、井戸は、まちがいなく、守屋敦子の敷地内にあった。

裸で家の中へもどろうとすると、縁に、白い姿の敦子がたたずんでいた。

「眠れないんですか?」

「ええ、暑くて」

敦子の眺めている東京の夜空には、敵機のかわりに星が出ていた。

外務省から、印鑑を持って来いという連絡があり、敦子が七万円の補償金をもらってきた。

夏の終わりであった。それで、終わった。

三十一

〈講和条約ここに調印〉四十九ヵ国が参加、午前三時三十四分、吉田全権署名
(サンフランシスコ=中村特派員八日発)
サンフランシスコ会議は八日午前十時十一分(日本時間九日午前二時十一分)再開され、対日講和条約の調印式が厳粛に行われた。この日、日本全権吉田首相は、式場で各国代表に握手を求められるなど、なごやかな風景を見せ、かくて四十九ヵ国の代表によって、歴史的な調印が開始された。グロムイコ・ソ連首席全権はじめ、チェコ、ポーランドの三国全権は出席しなかった。四十九ヵ国代表の署名を全部終ったのち、午前三時三十四分(日本時間)吉田日本全権が署名し、同四十二分調印式を終った。

〔メガネを忘れた首相〕（サンフランシスコ八日発＝AFP特約）吉田主席全権は、八日朝、調印式にのぞんだところが、うっかりメガネを忘れたことに気がついた。そこで早速、秘書にこれを取りにやらせ、他国全権がつぎつぎに調印しているあいだ、まだかまだかと入口の方をながめながら秘書の帰るのを待ちわびていた。

〔ソ連調印拒否〕〝新しい戦争のための条約〟グ代表記者会見で表明（サンフランシスコ八日発＝AP特約）グロムイコ・ソ連首席全権は八日、対日講和条約調印の四十五分前に記者会見を行い、「対日講和条約は新しい戦争のための草案であり、ソ連政府はサンフランシスコ条約とは無関係である」と次のように言明した。対日講和条約の目的は米軍を日本に駐在させ日本は米国の軍事基地に転換されつつある。対日講和条約の目的は米軍を日本に駐在させることにあり、米国は「老練な戦争誘発者」たるダレスの指導下に「侵略者の連合組織」を打ち立てようとしている。

グロムイコ全権の記者会見は、ベテランス・ハウスのホールで新聞記者三百名ならびに写真班百名以上の立会いのもとに行われた。写真班のフラッシュをたく音などで、グロムイコ全権の声はしばしば聞えなかった。グロムイコ・ソ連全権は、英語の長い声明文を非常な早口で読み、他のソ連全権団員はその背後にひかえていた。今回の会議中、終始、グロムイコ全権を支持したチェコおよびポーランドの代表は、この記者会見には姿を見せなかったが、この記者会見はサンフランシンコ会議開会以来、ソ連ブロックの行った最初のものである。グロムイコ全権は一九四一年前の数年間、日本が戦争の準備を行ったことを指摘し、対日講和条約調印に対するソ連側の主な不満は、同条約が日本軍国主義の復活に対して何らの保障も包含していない点であると言明、つぎのように述べた。

「日本は一九四五年八月には、六百万の陸軍と百七十万の海軍、五百隻の艦船とをもっていた。日本は数年後に再び立ち上り、極東における隣接国に再び脅威を与える恐れがある。もし米英両国にその意志さえあれば、中共と妥協できたはずであったが、このような努力は少しも払われなかった。対日講和条約はサルヴァドル国のような小国によって決定され、実際に日本と戦った強国の一つである中国を除外するように仕組まれた。対日講和条約の条項について、米・ソ間には何らの交渉も行われなかった。ソ連と中国を除外した講和条約は、極東では無意義である」

〔日米条約きょう調印〕日本全権団で言明

（サンフランシスコ八日発＝ＡＰ特約）日本全権代表団のスポークスマンは、日米安全保障条約は八日午後五時（日本時間九日午前九時）調印されるだろうと語った。（調印と同時に条約内容発表）

八日調印と決定した日米安全保障条約について、井口外務次官が八日深更、サンフランシスコにいる西村条約局長と電話連絡した結果、日本側の調印は吉田首相だけが行い、調印と同時に条約内容と共同声明が日米両国全権によって発表される予定である。（空軍基地

は十ヵ所程度。外務省の見解)
UP電は、日米安全保障条約にもとづいて日本国内に設定される軍事基地の数、地域などを報じているが、これについての外務省の見解はつぎのとおり。
一、最終的な話はまだきいていないが、空軍基地は美幌(北海道)、三沢(青森)、横田、入間川(埼玉)、立川(東京)、板付(福岡)など、大体十ヵ所程度になるようだ。このほかに小規模な飛行場が補助的に使用されることも考えられる。
一、米軍司令部は東京から離れるはずで、立川説と座間説とがあったが、立川にきまったようだ。海軍基地はUP電どおり横須賀、佐世保の二ヵ所で、司令部は横須賀になるだろう。このほか横浜の丘站司令部も残るだろう。
(昭和二十六年九月九日、東京朝日新聞)

〔日米安全保障条約全文〕(外務省仮訳)
日本国は、本日、連合国との平和条約に署名した。日本国は武装を解除されているので、平和条約の効力発生の時において、固有の自衛権を行使する有効な手段をもたない。無責任な軍国主義がまだ世界から駆逐されていないので、前記の状態にある日本国には危険がある。よって、日本国は、平和条約が日本国とアメリカ合衆国との間に効力を生ずるのと同時に効力を生ずべき、アメリカ合衆国との安全保障条約を希望する。平和条約は日本国が主権国として集団的安全保障取極を締結する権利を有することを承認し、さらに国際連合憲章は、すべての国が個別的および集団的自衛の固有の権利を有することを承認している。これらの権利の行使として日本国は、その防衛のための暫定措置として、日本国に対する武力攻撃を阻止するため、日本国内およびその附近にアメリカ合衆国が、その軍隊を維持することを希望する。アメリカ合衆国は平和と安全のために、現在、若干の自国軍隊を日本国内およびその附近に維持する意思がある。ただし、アメリカ合衆国は、日本国が、攻撃的な脅威となり、または国際連合憲章の目的および原則に従って、平和と安全を推進すること以外に用いられるべき軍備をもつことを常に避けつつ、直接および間接の侵略に対する自国の防衛のため、漸増的に自ら責任を負うことを期待する。

よって両国は次の通り協定した。

第一条　平和条約およびこの条約の効力発生と同時に、アメリカ合衆国の陸軍、空軍および海軍を日本国内およびその附近に配備する権利を日本国は許与し、アメリカ合衆国はそれを受諾する。この軍隊は極東における国際の平和と安全の維持に寄与し、ならびに一または二以上の外部の国による教唆または干渉によって引起された、日本国における大規模の内乱および騒じょうを鎮圧するため、日本国政府の明示の要請に応じて与えられる援助を含めて、外部からの武力攻撃に対する日本国の安全に寄与するために使用することが出来る。

第二条　第一条に掲げる権利が行使される間は、日本国はアメリカ合衆国の事前の同意なくして基地、基地における、もしくは基地に関する権利、権力もしくは権能、駐兵もしくは演習の権利または、陸軍、空軍もしくは海軍の通過の権利を第三国に許与しない。

第三条　アメリカ合衆国の軍隊の日本国内およびその附近における配備を規律する条件は、両政府間の行政協定で決定する。

第四条　この条約は、国際連合またはその他による日本区域における国際の平和と安全の維持のため、十分な定をする国際連合の措置またはこれに代る個別的もしくは集団的の安全保障措置が効力を生じたと、日本国およびアメリカ合衆国政府が認めた時は、いつでも効力を失うものとする。

第五条　この条約は、日本国およびアメリカ合衆国によって批准されなければならない。この条約は、批准書が両国によってワシントンで交換された時に効力を生ずる。

以上の証拠として、下名の全権委員はこの条約に署名した。

千九百五十一年九月八日に、サンフランシスコ市で日語および英語により、本書二通を作成した。

（昭和二十六年九月十日。東京朝日新聞）

三十二

太平洋戦争平和条約の効力が発生したのは、昭和二十七年の四月二十八日であった。マッククアーサーの後任として連合軍最高司令官であった中将リッジウェイは解任され、日本は独立国になった。まさしくその通りであったが、そのことが、高須や、敦子や、益田義夫の上に、どれだけの変化をもたらしただろうか。

サンフランシスコ条約の調印が行なわれてから、その発効まで、高須は敦子に会っていなかった。いっしょに暮らしている理由を失って、高須は、こんどは世田谷の奥に下宿をさがした。ちょうど地図の上では、高須のつとめている新聞社と、新しい下宿を結ぶ線上に、敦子のいる市兵衛町があったが、意識的に、高須がそうしたのではない。

高須は、つとめの往復に、敦子の家へ寄ることはできたが、一度も行かなかった。しかし、一度、六本木を歩いた。驚いたことに、もうほとんど復興しているそのかいわいで、昔の居酒屋が、一軒だけ、昔の仮建築の姿のままあった。そこで酒をのむと、くせになって、たびたびその店へ行くようになった。

六本木から市兵衛町はすぐそばであったが、高須は、自分が、その居酒屋へしばしば立ち寄るようになったのは、敦子のことを忘れかねているからかも知れないと思った。世田谷の下宿の番地は、いちおう葉書で、敦子に知らせたが、返事も来訪もなかった。多分それでいいのだと、高須は思った。

酒量がふえたのは、いい酒がのめるようになったからであった。もう焼酎ではなく、一級酒であった。

「一マイルを、メートルになおすと、何メートルだ?」と高須は、女にきいた。

「そんなこと、わからないわ」と女は答えた。

物知りな客がいて、横から、

「一マイルは千六百四メートルさ」と答えた。

「じゃあ」と、高須は、その客の方へ向いた。「三十四マイルは、何メートルだ?」

「計算すれば、出るじゃないか」

高須は、右手のひとさし指を、酒のコップに入れ、それでできたないカウンターの上に数字を書いて計算したが、何度やっても、先に書いた字が消えてしまった。そんなとき、酔っているな、と思った。

ポケットには、ちゃんと手帳もあるし、ザラ紙も、鉛筆もあった。しかし、そこで、商売道具を出す気はしなかったし、居酒屋を出てしまうと、計算のことは忘れた。居酒屋の常連たちが、高須のことを「一マイルさん」と呼ぶようになるのに、それほど時間は必要ではなかった。

「なぜあなたは」と、新入りの常連がたずねるようになった。

「一マイルさんなんて呼ばれるんですか」

「一マイルが、何メートルか、知らなかったからだ」

「それだけですか」

「物知りがいてね。一マイルは千六百四メートルだと教えてくれた」

「それで?」

「僕は、——こんなことは、どうでもいいことだが、三十四マイルは何メートルか計算しようとして、どうしてもできないんだ」

「できないって、しかし……」

「いつも酔っていてね。酒を指につけて、このきたないカウンターの上で計算しようとしたんだ」

「紙と鉛筆があれば、簡単でしょう?」

「そうだ。簡単なことさ」

「どうして、やらないんですか?」

「必要がないからだ」

「あなたは、変な人ですね」と男はいった。

「そう。変な男なんだよ」

その男は、高須がやったように、指に酒をつけて、カウンターの上で計算しようとしたが、やはりできなかった。男は笑った。

「おもしろいな。あなたが考えたのですか?」

「日本の政府が、考えたんだ」

「政府ですって」

「もしかすると、アメリカ政府も考えたかも知れない」

「わからなくなりました」

「わからないことだらけさ」と、高須はつぶやいた。

いつも、その辺から酔ってきて、自分が、何のためにこうして酒をのみ、一マイルが何メートルだとか、三十四マイルは何メートルだとか、酔いしれた頭で、なぜ考えなければならないか、高須には、わからなくなるのであった。

金はほとんど酒に費やした。しかし、酔っている間は、なんとなくそこにいるのが高須自身だという気がした。

益田義夫が、突然に、その居酒屋へ姿を見せたのは、夏のはじめのある夜のことであった。

「探しましたよ」と益田はいった。

「君か。のめよ」

「のんではいられないんですよ。市兵衛町へ来て下さい」

「なぜ」

「偶然いったら、守屋さんが、高須さんを、探して来てくれというんです。新聞社へ行ったら、帰ったあとだったし、守屋さんにきいたあなたの下宿は空だった。それで、守屋さんは、もしかしたら、ここじゃないかと言ったんです」

「敦子さんが、僕に何の用がある?」

「下川勘次のことです」

「下川!」

「新しい事実が出そうなんです。守屋さんが、病院に下川さんを見舞いに行ったら、下川さんの態度がかわったというんです」

酔いがさめた。

「下川は何といったんだ?」

「もう、本当のことを言ってもいいでしょう、といったそうです」

「病気は?」

「だいぶ、元気になりましたよ。会えるそうです。それで、守屋さんは、是非、高須さんに連絡をとって、いっしょに行ってもらいたい、というんですよ」

「間違いないね」

「間違いありません」と益田義夫は答えた。

「行こう」と、高須はいった。

あきらめていたところから、ひとすじの光明がさし込んだようであった。まだ、完全には終わっていない。行為をする何ものもないが、事実を知る権利だけはあった。

市兵衛町へいくと、守屋敦子は、

「お久しぶりね」といった。

敦子は、少しもかわっていない。高須は、はじめて、門司の港で、守屋敦子に出会ったときのことを思い出した。

「元気ですか?」

「ええ。でも、あれから、ひっそりと暮らしていました」

「僕は酒ばかりのんでいた」

そう言うより仕方がなかった。

「益田君から、下川勘次のことを聞いたけれど、いつ、会うんです？」

「明日なの。病院で」

「なにか言おうというんですね」

「ええ。今夜、お二人とも、とまって下さる？」

「泊まってもいいが……」

「いま、高須さんにいなくなられたら、あたし、困りますから」

「社は、休みます」

市兵衛町にも、蚊が出ていた。焼跡だらけのときは、蚊も、蝿もいなかったことを、高須は思い出した。人家が、短い間に、ぎっしり立ち並んでいた。そんなに長いこと、ここへ来なかったのかと、高須は指を折ってみた。一年、敦子と逢っていない勘定になった。

「敦子さんは、下川勘次のことを、あきらめていなかったんですね」

「はい。それで、ちょっと様子を見に行きましたの」

「下川勘次は、なにを言おうとしているのかな」

「多分、あたしたちが知りたがっていることですわ」

「外務省の方は？」と、益田義夫がきいた。

「いつかの、七万円のまま」

「この事件のことを、ここまで追ってきたのが、僕たち三人だけだとは思いたくないが、しかし、ともかく、先が見えてきた。敦子さんに覚悟しておいてほしいのだが、下川勘次が、どういう話をするにしても、これはもう最終的なもので、それに対して、また反証をあげてゆくことは考えられない。僕たちは、今度こそ納得しなければならないのですよ」

「わかっていますわ」

「酒はありませんか」と、高須はいった。

「いただきものだけれど、――高須さんに上げようと思って、ウイスキーが一本」

「いいときに来た」と、高須は笑った。

「いつおいでになっても、よろしかったのよ」

「益田君」と、高須はいった。「さっきの居酒屋へ行って、氷を少しもらって来てくれないか」

「いいですよ。高須さんの顔がきくんなら」

「きくよ。もう半年くらい、払いがたまっているんだ」

「借りがあれば顔がきくんですか」

「その通りだ」

「じゃ、行って来ます」

益田義夫が、ガラスの容器を、敦子に出してもらって、氷をもらいに出かけてしまうと、家の中は、静かであった。

「ほんとうは、いまごろ、守屋が、こうしてあなたといっしょに、暮らしていたはずなのに」と、高須はいった。

「高須さんが、守屋のお友だちだったというのも、よしあしですわね」

「なぜです?」

「高須さんは、守屋のことを免罪符にしていらっしゃる……」

「自分に対してね」

「そう」

「男は、酔うと、何をいうかわからないから」

「お利巧さんですわ」

高須は、益田の帰りを待ちきれずに、ウイスキーをなめはじめた。

三十三

以下は、その後、高須と敦子が、外務省その他政府機関および未公表の報道関係の資料を通して入手した情報と、下川勘次の未公表の記憶の交換による当時の状況の推察である。

交換船阿波丸は、シンガポールを出港すると、一直線に南シナ海を北上し、四月一日正午、バシー海峡をぬけ、台湾の南端の西側を台湾海峡に向かっていた。航速は、とりきめにしたがって十九ノットであった。ここまでは、日米両国政府が確認している。それ以後に、航路について一つの問題が発生した。

台湾海峡を北上するために、予定の航路は二つあった。つまり一つは、澎湖諸島の西側を迂回するか、台湾本土沿いに澎湖諸島の東側を通るかということであった。諸種の記録を総合すると、この二つの航路のどっちを選ぶかは、船長に一任されていたようであった。たとえ、どっち側を通っても、二日正午に、きめられた台湾北部海上に達していればよかったのであった。

「下川さんは、この二つの航路の、どっちを通ったか、覚えていませんか?」と高須はきいた。

「非常に重大なことなのだが……」

「私はコックだ」と下川勘次は答えた。「まったく知りませんでした。ただ、一日の午後四時ごろ、ひまができたので、かじとりのところへ遊びに行ったのです。そのとき、右手後方に、キールンを見ました」

「ちょっと待って下さい」と、高須はいった。「一日正午と、二日正午の阿波丸の位置から考えると、一日午後四時に、キールン沖を通ったというのは、早すぎはしませんか」

「言われてみれば、そうです。しかし、私はこの航路は、二度、通っているんです」

「この図の」と高須は、A図を下川勘次に示した。「二つの推定航路をしらべると、澎湖諸島の西側を通った方が、遠回りになるでしょう?」

「少しはね」と下川勘次は答えた。

「A図は、アメリカ側が発表したものです。もしこれが正しければ、あなたは、一日午後四時に、キールンを見てはいない」

「しかし、確かにキールンです。そのときに、かじとりが、東シナ海での航路がかわって、大陸よりに変更された、といっています」

下川勘次の証言には、時間と航路を別問題にしても、必然性があった。四月一日、アメリカ軍は、沖縄本島の上陸を開始したのであった。おそらくそのために、アメリカ側から、阿波丸の航路変更の命令が、無線で届いたに違いなかった。

ここでもう一つの問題があった。四月一日に航路変更の命令があったとすれば、その地点は、まだ台湾海峡の南端であるから、当然、そこから阿波丸は澎湖諸島の西側をとおり、支那大陸の沿岸沿いに北上したはずであって、下川勘次が、キールンを見たはずがない。

この想像が当たっているとすれば、その後、アメリカ側が発表した阿波丸の沈没位置(阿波丸を撃沈して、現場を確認したクイーン・フィッシュ号の報告)は、ほぼ正確である。しかし、下川勘次の証言をとり上げるとすると、だいいち、時間的に約一日のずれが出てくる。

「私は、四月一日の正午位置が、台湾の北の沖だと思うのです。だから、沖縄戦のことで、あわてて航路を変更したと思う」

「そして午後四時に、阿波丸は急に、四十五度も左へ航路をとったと言うんですね」

「そうとしか思えません」

「しかし下川さん。アメリカが発表した沈没位置は、金門島に近い大陸よりの海底なんですよ。もちろん、見つかってはいないが、潜水艦が確認、――つまりそこであなたは救助されている。だからもし、下川さんがキールンを見たというのが本当なら、阿波丸は、台湾海峡を通りぬけてから、Uターンをして、もどったことになる……」

「そうすると、私の見たものが本当なら、阿波丸は、どこにあるんです？」

高須はB図を、下川勘次に見せた。

「浙江省の温州の東沖あいです」

「私が、一日、日を間違えているのですか？」

「そういうことになりますね。そうでなければ、キールンを、どこかほかのところと見まちがえたか、です」

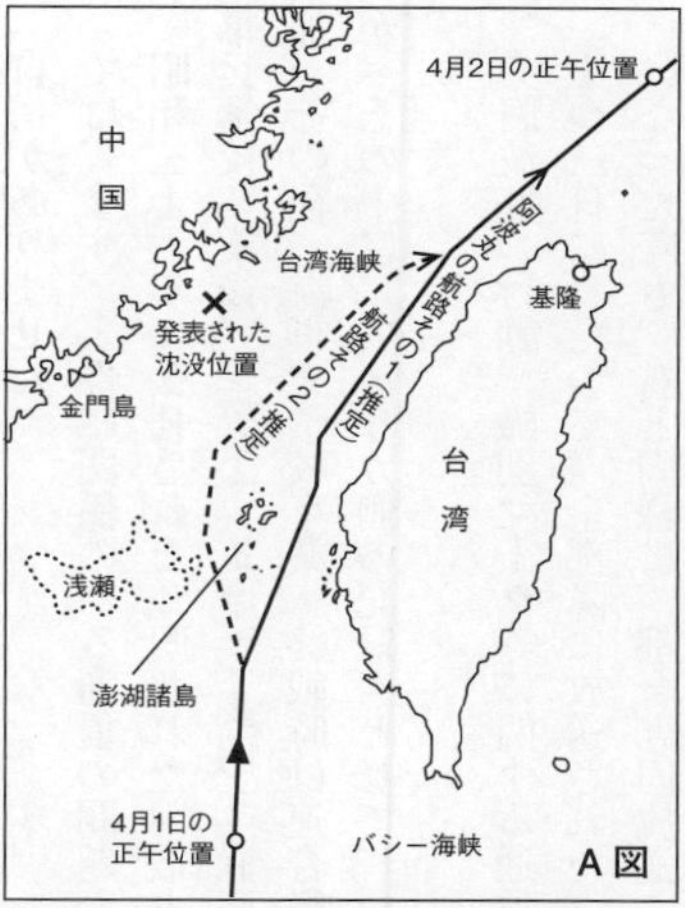

A 図

B 図

「自信がありません」

「では、まず、事件に関係のある通信の問題から考えてみましょう」

昭和三十六年に公刊された『呪われた阿波丸』という書物がある。著者は台湾生まれ、海軍兵学校卒業後、「扶桑」「筑摩」「長門」「武蔵」の高射長を歴任、第三次ソロモン海戦に参加、その後、海軍大学校卒業、終戦時は連合艦隊参謀、海軍中佐であった千早正隆氏であるが、その中に〈アメリカ側の記録〉として、つぎのような一節がある。

〈阿波丸の行動、識別マーク等に関する通信は、二月の第二週、平文でもって、一日三回ずつ三日にわたって、全部隊に放送された。さらに、三月始めに同船の復航の予定が変更になった際も、右と同様に、都合九回放送された〉

以上は、下川勘次が、かじとりからきいたことと同じものだが、上級船員には、あらかじめわかっていたものと考えられる。

〈南支那海と東支那海とは潜水艦作戦の管轄が異っていたが、東支那海を担当していた太平洋方面潜水部隊指揮官は、三月二十八日特に暗号電報でもって、〃救恤品を輸送中の阿波丸を無事通過せしめよ。同船は夜間点燈し、三月三十日から四月四日の間に、貴海面を通過の予定〃と麾下の潜水艦に注意を喚起した〉

「阿波丸が、どの航路を通っていたにしろ、多少の進みすぎや遅れがあったとしても、それが阿波丸であることは、クイーン・フィッシュにはわかっていたはずだ」と高須はいった。

「私たちは、安心しきっていました。四月一日の夜、――日にあやまりがなければ、その晩は、パーティーがあったのです。あの戦争の中で、阿波丸ほど安全な場所はなかったからです」

〈台湾海峡の北口を哨戒していたのは、ラフリン中佐の指揮するクイーン・フィッシュ号であったが、同艦は四月一日の二二時〇〇分、そのレーダーで一隻の船を距離千七百メートルでつかまえた。海上は濃霧【註一】で蔽われ、視界は二百メートル以下であった。レーダーの映像の大きさ及びその十七ノット【註二】の速力に鑑みて、目標は駆逐艦かまたは護衛駆逐艦であると考えられた。クイーン・フィッシュ号は同船の後方から次第に近づいていったが、目標を視認することはついに出来なかった【註三】。二三時〇〇分、距離三千六百メートルで四本【註四】の魚雷をレーダー照準で発射した。爆発の火焰は霧をすかして見えたが、目標はついに見えなかった。レーダーに映っていた目標が突然消えた【註五】ので、目標が轟沈したことがわかった。

クイーン・フィッシュ号は、直ちに反転して沈没地点に向った。十五名乃至二十名の者が浮遊物につかまっているのが見られたが、やっと一名が救助を肯んじた【註六】のであ

った。その生存者によって、沈められたのが阿波丸であったことがわかった〉

〔註一〕について。

「この前の質問と同じだが、あなたは、霧はなかったと思うのですね」

「なかったと思います。だから、私はブイの上で潜水艦を認めたのです」

〔註二〕について。

「きめられた速度は、十九ノット。そのときの速力は、十七ノットだと、ラフリン中佐は報告している」

「それは、私にはわからない。航路を変更したときに、速力の命令もあったでしょう」

「それを、ラフリン中佐は知らなかったと、考えていいですか？」

「軍事裁判では、十七ノットだったと証言していました」

〔註三〕について。

「ラフリン中佐は、濃霧で、視認はできなかった。これを、どう思いますか？」

「軍事裁判のとき、あの人は矛盾したことを言っているのです」

「じゃあ、これはあとのことにして……」

〔註四〕について。

高須はいった。「魚雷の数だが、どれが本当なのですか？」

「二本、三本、四本説があります。二本というのは、私の記憶ですから、間違っているかも知れませんよ。しかし、阿波丸は二分で沈んだといわれていますから、四本も、五本も発射したとは思えませんし、沈没が早かったのは、どれか一本が、自沈装置に命中したのではないでしょうか。私は、船が二つに折れて、艦首と艦尾を下にして、瞬時に見えなくなったのを見ています」

〔註五〕について。

下川勘次はいった。「突然という言葉の意味からいっても、私の記憶は正しかったと思います」

〔註六〕について。

「これは嘘だ」と下川勘次は強い言葉でいった。「たしかに私一人だったんです。しかし、もしかりに、ほかに誰かがいたとしても、それは民間人で、救助を拒むということは考えられません。嘘ですよ、これは」

〈この悲惨な事件をひきおこすにいたった真因は、ついに事件を裁いた軍法会議で触れられなかった。阿波丸に関するすべての通信は、クイーン・フィッシュ号において受信されていたことを、被告弁護人は認めていたが、裁判においてはラフリン艦長がそれ等の通信を見たかどうか、誰も質問しようとしなかった。ラフリン艦長は三月二十八日の阿波丸に関する暗号電報は見たが、その他の阿波丸に関する電報は、彼のもとには届けられなかった。通信員は二週間も前に、平文で放送された阿波丸の行動に関する電報に対して、余り

注意を払っていなかった〉

三十四

四月二日午前八時、下川勘次は、潜水艦クイーン・フィッシュ号の魚雷貯蔵庫の中で、意識を回復した。正確な時間はわからないが、海上で、下川勘次がつかまっていたブイが、波浪のために潜水艦に激突したときに、意識を失ったのであった。したがって、どうやって彼が潜水艦に収容されたか、記憶がない。

彼が目をさましたとき、彼はからだ全体に、温かい空気を感じた。彼をあたためていたのは、一説では、赤外線ストーブだといわれ、一説では、温風を噴出する器械であったという。三人のアメリカ人が立っていて、二人が、彼の胸を押した。すると、重油と海水が、彼の口から流れ出した。それから、胃洗滌をされた。三人のうちの一人は、あとでわかったが、ラフリン艦長であった。

下川勘次は、口がきけるようになると、艦長室へ呼ばれた。日本語のほとんどわからない通訳を通しての会話であったが、要約すると、つぎのようなものであった。

「汝ノ乗ッテイタ船ハ、何トイウ船カ」

「交換船阿波丸デアル」

「オウ、ソレハ嘘デアロウ」

「嘘デハナイ」

「汝ハ、如何《いか》ナル職務ニツイテイタカ」

「コック長デアル」

「軍人デハナイカ」

「阿波丸ニハ軍人ハ乗ッテイナカッタ」

「乗船者ノ総数ハ」

「二千四人」

「正確カ」

「正確デアル。自分ハコックデアッタカラ」

「乗客名簿ハアッタカ」

「ナイ。門司へ着クマデニ作製スル予定デアッタ」

「私ニハ、アノ船ガ阿波丸デアッタトハ信ジラレナイ」

「何故《なぜ》カ」


艦長はそこで、机の中から、一葉の写真をとり出して下川勘次に見せた。阿波丸の全景であった。


「コレハ阿波丸カ」

「ソノ通リデアル」

「コノ写真ニハ、砲身ハナイガ、砲台ガアル。汝ノ乗ッテイタ船ニハ、砲台ハナカッタ」

「阿波丸ハ、民間ノ貨客船デアッタガ、軍ニ徴用サレテ砲ヲツケタ。シカシ、交換船トシテシンガポールへ行クコトニナッタトキ、横浜デ砲身ヲハズシタ。ソシテ、呉デ砲台モトリハズシタ。ダカラ、コノ写真ハ、横浜デトッタモノト思ウ。シカシ……」

「阿波丸ニ関スル命令ヲ受ケタトキニ、全海軍ニ、コノ写真ガ配布サレタ。シタガッテ、私ガ撃沈シタノハ、阿波丸デハナイト信ジル」

「シカシ、ソレハ事実デアル」

このときには、下川勘次は、ラフリン艦長のいったことの内容の矛盾には気づかなかった。つまり、クイーン・フィッシュが、レーダーで魚雷を発射したのか、視認で目標をとらえたのか知らなかった。

その日はまた魚雷貯蔵庫にもどされ、手脚を、鉄の鎖でしばられた。監視がいつもついていたが、二、三日すると、軍人でないとわかった下川勘次にたいする警戒は、少しうすれた。下川勘次は、捕虜になったら、舌をかみきって自殺しろ、と船では命令されていたが、困ったことに、沈没時に、前歯を三本折っていたので、自殺する方法がなかった。

そしてふたたび、艦長に呼び出された。テーブルの上に、海図がひろげてあった。

「コレハ、東京湾ノ海図デアル」

「………」

「汝ハ、幾度モコノ地点ヲ通ッテイルデアロウ」

「モチロン、幾度モ通ッタガ、ソレハ潜水艦デデハナイ」

「日本ノ潜水艦ガ、東京湾内ニハイッタ事実ハアルカ」

「事実ガアルカドウカトイウコトニツイテハ、私ハ知ラナイ」

「潜水艦デ、東京湾ニハイレル可能性ヲドウ思ウカ」

「専門家デハナイカラ、ワカラナイ」

「潜航シナケレバ、水路ハアルハズダ」

「外国船ガ東京湾ニハイルトキハ、日本人ノ水先案内人ガックガ、私自身ニハ、ソウイウ能力モ経験モナイ」

「ワカッタ」

「私ハ、コレカラドウナルノカ」

「本艦ハ、コレカラ、基地へカエル。汝ノコトハ、基地ノ司令官ニマカセル」

「ドウセ艦内カラ逃ゲラレナイノダカラ、鎖デシバルコトヲヤメテクレナイカ」

「出来ルダケ希望ニソウヨウニスル」

その日の艦長は、比較的上機嫌なようであったが、東京湾の海図について、下川勘次が、なんの役にも立たないのを知ったとき、艦長の顔に失望の色があった。

その日から、下川勘次は、鎖をとかれ、夜だけ、手錠をかけられることになった。しかし、昼間でも監視兵がいるので、彼の自由になることは、見ることだけであった。そして彼は、大小のスパナが、壁にかけられているのを見た。あれをとって、殴れば、一人は倒せるだろう。しかし、一人倒したところで、あとがどうにもなりはしない。

クイーン・フィッシュは、行動をつづけていた。あとでわかったことだが、下川勘次がとらえられてから、グアム島へ上陸するまで、十五日間あった。のちに軍事裁判で明らかにされたところによると、ラフリン中佐が、阿波丸らしい日本の船を撃沈したという報告をしたとき、基地からは、すぐに帰投するように命令がきている。それが、クイーン・フィッシュ号は、十五日間、作戦に従事していたのであった。この点についても、軍事裁判はなんら触れるところがなかった。

「私は」と、下川勘次はいった。「潜水艦の構造をよく知らないのですが、私が監禁されていた魚雷貯蔵庫にいると、戦闘のもようが、手にとるようにわかりました」

「どういうふうに?」と、高須はきいた。

「目標をとらえると、とつぜん艦内に緊張がみなぎり、水兵たちは無口になります。魚雷を発射するときは、小さなショックがあり、魚雷が目標にあたると、船が震動します。そうすると、水兵たちは、私のいるところへ、つぎの準備をするために走り込んできて、二人ずつ抱き合い、飛びあがって喜んでいるんです」

「そのたびに、日本の船が沈んでいたわけだ」と、高須はいった。

「高須さん、それから守屋さん。私が、どういう気持でそれを見ていたか、想像がつきますか」

「大体はね」

「戦争がいいか、悪いか、ときかれれば、だれもいいとは言わないでしょう。しかし、私は、彼らが狂喜するたびに腹を立て、いらいらし、なんとかしたいという衝動にかられた」

「当たり前ですわ」と敦子はうなずいた。

「それで、スパナに目をつけたんです」

「手錠は？」

「昼間ははずしてくれていたのです。それで、考えました。彼らを、安心させなければならない。私は、心の中と反対に、従順な捕虜をよそおって、ついにある日、監視兵が、自分で私の手に手錠をかけず、鍵といっしょに渡して、自分でやれ、というようになったのです。私は注意ぶかくチャンスを待ちました。そしてある夜、片手だけ手錠をかけずに、両手をそろえて、ベッドにはいりました。無謀で、無駄なことはわかっていましたが、どうせ、助からないという気があったのです」

「………」

「馬鹿な話で」と、下川勘次は、当時のことを思い出して、いくぶん自嘲的に笑ってみせた。「夜中に、自由な方の手で、スパナをとって、監視兵をやっつけるつもりだったのです。ところが、夜ふけを待っているうちに眠り込んでしまって、前でそろえていた右手を、うっかりのばしてしまったんです。目がさめたときには、また手錠をかけられていました」

「なるほどね」と、高須はいった。「しかし、その失敗が、あなたを助けたのだ。監視兵は、あなたが計画的に、手錠をはずしていたとは思わなかったでしょう」

「多分そうなのです」

「それで？」

「結局十五日間、私は、作戦行動をつづけたクイーン・フィッシュに監禁されたままでしたが、前のときから数日たって、もう一度、ラフリン中佐に呼ばれました」

「東京湾の海図？」

「そうです。それから、まったく別の話もしました」と下川勘次はいった。


「汝ガコノ前ニココデ言ッタコトハ、間違イハナイカ。訂正スルナラ今ノウチデアル」

「訂正スル必要ハナイ」

「阿波丸ノ積荷ニツイテ、知ッテイルコトヲ述ベヨ」

「何モ知ラナイ。タダ海ノ上ニイルトキ、四角イ大キナ梱包ノヨウナモノガ浮遊シテイタノヲ見タ」

「内容ハ」

「知ラナイ」

「本艦ハ、阿波丸ノ積荷ノ一部ヲ引キ上ゲテ調査シタ」

「シカシ、私ハ知ラナイ」

「ソレハ、イズレ軍法会議デハッキリスル。ソノコトハ多分、日本ニトッテ不利ナ証拠ニナルノダロウ」

「私トハ関係ガナイ」

「乗船者ノ中ニ、女ガイタカ」

「イタ。少ナクトモ二十人ハ女ト子供デアル」

「私ト、取引キヲシナイカ」

「ドンナ取引キカ」

「法廷デ、女子供ハイナカッタト証言シテホシイ」

「交換条件ハ」

「汝ノ安全ト帰国ヲ保証スル」

「即答ハ出来ナイ」

「汝ハ、国際法ニツイテ、何カ知ッテイルカ」

「捕虜ノトリアツカイニツイテノ法律以外ハ知ラナイ」

「帰ッテヨロシイ」

三十五

四月十五日の未明、下川勘次は、黒眼鏡をかけさせられ、上陸した。最初に目についたのは、椰子の木であった。港にはアメリカ海軍の軍艦が目白押しに並んでいたが、そのときはまだ、彼はそこがグアム島だとは知らなかった。

七月中旬にはじまった軍事裁判までの三ヵ月の独房生活のはじまりであった。だんだんにわかったことであったが、いくつかある独房は、戦犯による死刑の確定者がはいっていた。しかし、彼は、殺されるために、死に価する罪を犯したために、そこへ入れられたとは思えなかった。

独房には、汲取式の便所がついていて、捕虜になっている日本の若い兵隊が、ときどき来た。そのときに話ができた。

「おっさんは、何をしたんだ?」と若い兵隊はきいた。

「何もしやしないよ。なにかの間違いだ」と下川勘次は答えた。

ラフリン艦長の裁判の証人であるに過ぎないということは、想像できたが、そのことがどれだけ重大であるかということは、彼にはわからなかった。

五月にはいると、下川勘次の監視がゆるんで、彼には、かなりの自由があたえられた。その期間、アメリカ政府は、下川勘次の身分に関して、日本政府に調査を依頼し、彼が、たしかに一介のコックにすぎないことを確認したのであった。

下川勘次は、独房をあたえられてはいたが、昼間は自由になり、日本人の兵隊や民間人のキャンプに出入りできるようになり、ときに、基地の高官の宿舎へ呼ばれて、日本風の食事をつくることを命じられたりするようになった。ただ、もちろん、阿波丸事件に関しては、何も言わないように念を押された。

下川勘次は、潜水艦の中でもらった皮のジャンパーを着ていたが、暑いので、兵用のシャツをもらって着た。空は、青く、海も青かった。毎日、島のどこかで爆発音が聞こえたが、それは、アメリカ人が、ニグロの兵隊をつかって、崖や丘陵をダイナマイトでくずし、やがて飛行場にでもするつもりのようであった。日本人の若い兵隊も、その作業に参加していた。彼のコックとしての仕事の価値が認められはじめると、アメリカ人の将校がやってきて、日本人捕虜のために、キャンプの中で、屋台の店をやってもいい、といった。材料は、兵站部から出され、食物は無料であった。下川勘次の屋台店は繁昌して、だれかが屋台の前に白い布をぶらさげ「東京亭」と書いた。夕方になると、彼は独房へもどった。

そのころから下川勘次は、心の中に、考えることが一つできたのを感じた。由美と呼ばれる二十歳の若い女が、手伝いとして彼のそばにいるようになったことについてであった。由美は、女学校を出てすぐ、グアム島へ働きにきていた。由美は、戦争を知らなかった。アメリカ軍が上陸したときに、こわい思いをしたが、彼女の心の中で、戦争はあまり重大なことではなかった。目の澄んだ、小柄な、可愛い子であった。

下川勘次は、二十二歳のときから、今度の事件まで、二十三年間も船員生活をしてきた。自分のいまの立場を考えると、いつか日本へ帰れるとは思ったが、船乗りの生活が身についていた。だから、これは恋愛ともいえなかったし、情事ともちがう。夜は、独房に鍵がかけられてしまうから、昼間、自由な時間に、人のいない海岸や、林の中を歩いた。

「おれは、もう老人だ。東京に妻もいる。帰れるかどうかわからないがね。帰れたとしても、妻のところへもどるかどうかは、おれの自由だ」

「気にしなくていいのよ、そんなことは」と由美はいった。

「帰れるとしても、多分いっしょには帰れないだろう。べつべつに東京へ帰った場合のことを考えて、落ち合う場所を考えておこう」

「そうね」

「しかし、東京は、かわったよ」と、彼はいった。「おれが船に乗って最後の航海に出るまでに、東京はもう半分、灰になった」

「そう。あたしは、戦争前の東京しか知らないわ」

「戦争がなくても」と、彼はいった。「船にのって方々の国の港を、一年ぶりか二年ぶりに訪れると、たいていかわっているよ。まったく昔とかわらない静かな港もあるが……」

下川勘次は、自分がいまこうして、親子ほど年齢のちがう若い女と、こういう話をしているのが不思議なような気がしていたが、女は、結局、何年ぶりかで訪れる港の一つにすぎないような気もした。

「結婚しようか」と、下川勘次はいった。

「東京の奥さんは？」

「むずかしく考えたくない。あれは、もう一人暮らしに馴れているし、政府の補償も、会社の年金もあるだろう」

「ここでだけの奥さんでもいいのよ」

「先のことは考えまい」と下川勘次はいった。

そんなとき、世界中が戦争をしているとは思えなかった。

「ちょっと、そういう場面は、想像できない」

「意地の悪い質問だが」と、そこまで下川勘次の思い出話をきいた高須がいった。「ちょっと、そういう場面は、想像できない」

「捕虜という立場にならないとわからないでしょうね」と、下川勘次は、前歯のぬけたままの顔で笑った。

「しかし、困ったことが一度あったんです。捕虜たちが、豆腐を喰いたいといい出しましてね」

「ありそうなことですわ」と敦子がうなずいた。

「豆はいくらでもある。しかし、豆腐をつくるには道具がいります。そしたら都合のいいことに、大工がいましてね。材木を持ってきて、どうやら豆腐らしいものができた。ところが、食べるときになって、醤油がないんですよ。仕方がないから、そのまま喰ったり、ソースをかけたり、味噌汁に入れたりしました」

「裁判のはじまるまでの間に、あなたは、なにか、とくに言われたことはなかったんですか？」

「ありません。しかし、七月にはいると、突然、私に対する監視が厳重になって、昼間も、独房に閉じこめられていました」

「しかし、それでも、意外なくらい、自由にさせられていたんですね」

「そうです」

「それで、裁判のことだが……」

「七月の、日は、はっきり覚えていないんです。中旬でした。毎日、午前中に二時間ずつ、それが二十一日間つづいたのです」

「二時間というと、ずいぶん短いようだな」

「つまり、私が証人として法廷へ出ていたのが二時間なので、午後も、裁判が続行されていたかどうか、私は知りません」

軍事裁判では、マッコイ大尉という、日本で生まれ、日本語を完全に理解し、話すことのできる軍人が、下川勘次についた。

下川勘次は、法廷で、ラフリン中佐と対決する前に、マッコイ大尉から、ラフリン中佐が、つぎのような三つの事項について起訴されていることを聞かされた。

一、その職務執行上の落度

二、命令の不履行

三、命令遂行の怠慢

法廷には、被告人、弁護人のほか、判士として中将二人、少将二人、それに大佐二人が出廷していた。

ラフリン中佐にたいする訊問は、だいたいつぎのようなものであった。

問　貴官ハ、アメリカ海軍ノ全艦船ニ対シテ通達サレタ、阿波丸ニ関スル電信ヲ受信シタカ。

答　受信シタ。
問　四月一日カラ二日ニカケテ、阿波丸ガ貴官ノ責任海域ヲ通過スルデアロウコトヲ知ッテイタカ。
答　知ッテイタ。
問　阿波丸ヲ確認シタノハ。
答　確認シテイナカッタ。何故ナラバ、当夜、該海域ハ濃霧ノタメ視界ハ二百メートル足ラズデアッタ。シタガッテ、レーダーニヨッテ目標ヲ確認シタ。
問　ソレデハ、ソノ目標ガ阿波丸デアルコトヲ確認シタトハ言エヌ。ソノ目標ハ何ダト判断シタノカ。
答　日本ノ商船モシクハ駆逐艦デアルト思ッタ。
問　デハ、視認出来ナイママ攻撃シタノカ
答　ソノ通リデアル。本官ガ、ソノ目標ヲ商船又ハ駆逐艦デアルト判断シタノハ、ソノ時間ニ、ソノ地点ニ、阿波丸ガイル理由ガナカッタカラデアル。
問　ソレハツマリ、阿波丸ガ、予定サレテイタ航路ヲハズレテイタカラカ。
答　ソノ通リデアル。目標ヲ撃沈シテカラ海上現場へ近ヅキ、調査シタトコロ、既ニ船体ハナク、積荷ノ一部ト、十数人ノ漂流者ガイタ。
問、生存者ノ中ノ一人ノミヲ救助シタノハ何故カ。
答　他ノ者ハ、救助ヲ拒絶シタ。

問　ソノ生存者ニヨッテ、貴官ハ、ソノ船ガ阿波丸デアルコトヲ確認シタノカ。
答　ソノ通リデアル。
問　国際法ノトリキメニヨレバ、阿波丸ハ終夜、点燈シテイタ筈デアルガ。
答　見エナカッタ。攻撃シタトキノ距離ハ三千六百メートルデアッタシ、目標ノ速力ハ、十七ノットデアッタ。阿波丸ニ与エラレタ約束ノ速力ハ十九ノットデアッタ筈デアル。
問　司令部ハ、貴官ヨリ、阿波丸ラシキ船ヲ撃沈シタトイウ通信ヲ受ケタトキ、スグ帰投スルヨウニ返電シタハズダガ。

「証人、下川勘次、証言台へ」と、話のかんじんのところで、裁判長が発言した。善意に解釈すれば、これから先の、ラフリン中佐への訊問の内容は、日本人証人下川勘次とは、なんら関係がないために、被告の証言が打ち切られたとも思えるか、下川勘次は、やはり、アメリカ側における、重大な問題は、何も知らされることがなかった。彼は宣誓してから証言台に立った。

三十六

問　証人ノ姓名及ビ身分ヲ述ベヨ。
答　下川勘次。四十五歳。生マレタトコロハ群馬県北甘楽郡下仁田町大字東村五六三番地。

職業ハコック。二十二歳ノトキカラ日本郵船ニハイリ、阿波丸ニハ三年乗ッテイル。シンガポールへハ二度行ッテイル。

問　阿波丸ハ連合国ノ要請ニヨリ、ホンコン、蘭印、シンガポールニアル連合国ノ捕虜及ビ抑留者ニ対スル救恤品ノ輸送ヲ任務トシテイタコトヲ知ッテイルカ。

答　知ッテイル。

問　ソレニモカカワラズ、阿波丸ガソノ往路ニオイテ、弾薬五百トン、爆弾二千発、飛行機器材二百台分ヲ積ンデイタコトヲ知ッテイタカ。

答　全ク知ラナカッタ。

問　阿波丸ガ、シンガポールデ、錫三千トン、生ゴム三千トン、タングステン、アンチモニー、水銀等ヲヒソカニ積ミ込ンダコトヲ知ッテイルカ。

答　知ラナイ。私ガ、耳ニシタノハ、重油三千トント、シンガポールデ乗船シタ民間人個人所有ノ金、銀、ダイヤモンド、ピアノ等ノコトダケデアル。

問　阿波丸ガ、以上ノ点ニオイテ、国際法ニ違反シテイタコトヲ認メルカ。

答　私ハコックダカラ、責任モナイシ、義務モナイ。シタガッテ、ソノ問ニ答エル必要ハナイ。

問　デハ、阿波丸事件ノ当夜ノ問題ニハイルガ、当夜、霧ハアッタカ。

答　全クナカッタ。

問　阿波丸ハ、点燈シテイタカ。

答　昼間ノヨウニ明ルクシテイタ。阿波丸ガ、ホカノ艦船ト見誤ラレル筈ハナイ。
問　阿波丸ノ航行位置ヤ速力ニツイテ、言ウコトハナイカ。
答　クリカエスガ、私ハコックデアル。シカシ、四月一日午後、カジトリカラ、航路ヲ変更スルカモ知レナイトイウ話ハキイタ。
問　乗船者ノ人数ハ知ッテイルカ。
答　二千四名デアル。
問　コトゴトク民間人デアッタカ。
答　確答ハ出来ナイ。シカシ軍人ハイナカッタト思ウ。
問　婦人ハ乗船シテイタカ。
答　イタ。

下川勘次が、ここでびっくりしたのは、法廷にいたアメリカ人が、そのとき一瞬沈黙し、中に、胸で十字をきった者がいたことであった。質問はさらにつづいた。

問　ソノホカニ、乗船者ニツイテ何カ知ラナイカ。
答　シンガポールヲ出港シテ間モナク、乗船シテイタ銀行ノ支店長夫人ガ、女ノ子ヲ出産シタ。

そのとき、ふたたび、前と同じことが起こった。下川勘次は、非公式に法廷に出廷していた、ニミッツ提督と裁判長が、一様に愕然とし、両手をひろげて「オウ・ノウ」といったのを見た。下川勘次は、証人であり、戦争という大きな激動の中の、ほんの片隅にいたのだが、そのとき、自分の証言が人間として重大な意味を持っていることに気づいた。

問　クイーン・フィッシュ号ニ収容サレテカラ、虐待ハ受ケナカッタカ。

答　受ケナカッタ。鎖デシバラレテイタガ、ソレハ当然ノコトデアル。シカシ、ラフリン艦長ハ私ニ対シテ、東京湾ノ海図ヲ示シ、水路ニツイテ訊問シタ。

問　ソレハ交戦国ノ軍人トシテ当然ノコトデアル。ホカニ。

答　ラフリン艦長ハ、私ニ、取リ引キシヨウト言ッタ。

下川勘次がそれを言いかけたとき、裁判長は、とつぜん休廷を宣言した。独房へ帰る途中、マッコイ大尉は、こういった。

「君に不利になるような証言は、しない方がいい。ラフリン中佐を裁くのは、軍事法廷であって、君ではない」

そして、翌日も、ほとんど同じようなことを聞かれた。その翌日も、同じであった。下川勘次には、審理が、どういうふうにして進められていくのか、少しもわからなかったが、二十一日目に、机の上につみ上げられた調書は、山のようになっていた。そして裁判が行なわれている期間、下川勘次の身辺には厳重な監視がなされた。

下川勘次は、ラフリン中佐に潜水艦の中で見せられた、阿波丸の写真のことを言おうと思ったが、考えてみると、それは、ラフリン中佐に有利な証言になることに気づいて、やめた。もちろん、裁判中に、ラフリン中佐、もしくはその弁護人は、霧のことと、航路のことと、写真のことを、証言したに違いなかったが、下川勘次は、その問題が、どういうふうにとり上げられ、解釈され、処理されたか、知らなかった。

「しかし、それは、おかしな話だ」と、高須は、下川勘次の話をきいて首をかしげた。「ラフリン中佐は、写真のことは、もしかしたら言ってはいないよ。彼は、阿波丸を視認しなかったと言っているわけだろう。レーダーだけで目標をとらえて攻撃した。——それなのに、彼は、あなたに対して、自分が撃沈した船には、砲台がなかったから、阿波丸ではないかと思った、とあなたに言っている」

「そうです。大きな矛盾ですね。しかし、裁判のときに、向こうが、阿波丸の積荷の内容を、あまりくわしく知っているのに驚いたのです。シンガポールを出港して二日間、アメリカの飛行機が、ずっとついて来たが、積荷の内容は、シンガポールで、情報をキャッチされていたのでしょう」

「それで、二十一日間の裁判で、あなたが聞かれ、証言したのは、要するに、それだけだったのですか」

「そうです。毎日少しずつ違ってはいましたが、要するに、これだけのことです。そして、最後の日に、裁判長が私に、なにか言い落としたことはないか、と聞いたので、私は、賠償はどうなるのか、と聞いてみました。法廷の公式の回答はなかったのですが、マッコイさんは、多分、この事件の賠償は、パネー号事件に準じて行なわれるだろう、と言いました」

「パネー号事件というのは」と、高須は、敦子に説明した。

「昭和十二年に、日本海軍の爆撃機が、揚子江で、あやまってアメリカの砲艦パネー号を攻撃沈没させた古い事件のことです」

「結局、ラフリン中佐の裁判の結果は、どうなりましたの？」

「私は」と、下川勘次は答えた。「判決を聞いてはいません。マッコイさんから、あとで聞かされたのですが、起訴事実のうち、第一と第二については無罪、第三については有罪になったそうです。弁護人は、阿波丸が戦時禁制品をつんでいたことで、ラフリン中佐の無罪を主張したそうですが、裁判長は、阿波丸の積荷に関する事項は、諜報によるものであって、ラフリン中佐は、それを確認していないから、阿波丸撃沈はやはり不法であると言ったそうです」

「それで」と、今度は益田義夫がきいた。「有罪ということなら、処罰されたわけでしょう。どんな刑だったんですか？」

「それが、だれも知らないのです」と、下川勘次は答えた。「軍法会議の記録は、おそらく、本国の軍法会議記録部に、極秘書類として保管されたのだと思います」

「ところで、大体のことはわかったが、あと一つだけ、今度は、あなた自身のことについて、質問させてほしいのです」と、高須はいった。

下川勘次は、目を閉じた。彼には、高須の質問の内容がわかっていたようであった。

「ほかに、何かあるんですか？」

「下川さん。あなたは、なぜ、今日まで、黙っていたんですか？」

「………」

「これだけは答えてくれなければ困る。なぜです。なぜあなたは、五年もの間、沈黙していたのですか」

「高須さん」と、下川勘次は目を開いて言った。「結局あなた方が知りたかったのは、それだけだということは、わかっていました。私には、さまざまな疑いがかけられていた。収容所を出る前に、あるアメリカ兵が、君は東京へ帰れば、一生遊んで暮らせるだけの金をもらえるだろう、と言いました。そうなったと思いますか？」

「僕たちは、事実を知りたいのだ。この事件のことは、もう僕たちの力では、どうにもならない。しかし、二千人の非戦闘員が死んだという事実は残る。もしあなたが、帰国してすぐに、いま言ったような事実をだれかに話していたら、状況はかわっていたと思う」

「そうでしょうか。しかし、私は、金は、もらっていない。マックアーサー司令官に会ったときも、生活を補償しようとか、仕事を世話しようとか、家を建ててやろうとか、言われたのです。もちろん、私はことわりました。世間の人は、金でなければ、私が脅迫されたのだろう、と考えたでしょう。しかし、それも違う」

「あなたは、アメリカ合衆国に忠誠を誓ったのか」

「違います」

「では、黙っていることが、日本のためになると思った……」

「それも違います」

「じゃあ、どうしてなのです？」

「信じてもらえるかどうかわかりませんが、グアム島を去るとき、マッコイさんと話したのです。きわめて簡単な言葉をかわしたのですが、彼は、あなたの幸福を祈る、と言いました。それから、長い間考えたあとで、ひとこと、ネバー、と言ったんです」

「ネバー？」

「そうです。それだけです。人間が、ある状態の中におかれたときに、そういう短い言葉が鉄のように重く、いつまでも心をとざす場合もあるんです。わかってもらえなくてもいいんですよ。高須さん」

三十七

高須は、新聞社を休んで、三日間、寝て暮らした。心の底の方にも、頭の奥にも、手脚の筋肉にも、ものうい、鉛のように重い疲れがあった。朝晩には、いくらか涼風のたつ夏の終わりが来ていた。守屋敦子が、その下宿を、はじめて訪れたのは、高須が、もうそろそろ出社しようかと考えていたときであった。

「やあ」と高須はいった。

「新聞社へお電話をしたら、お休みだというので……」

「寝ていたんですよ。病気じゃありません。いや、病気かも知れない」

敦子は、それには返事をしないで、部屋の隅にちらかっている新聞社の原稿用紙のまるめたのを、二、三枚、ひろいあげて見ていた。

「あれから、昂奮しましてね」と、高須はいった。「事実をありのままに書いて、新聞か雑誌に発表しようと考えたんです。しかし、十枚も書いたら、ばかばかしくなった。それで今度は、おもしろおかしく、読物にしようと思った。また書き出して五枚も書くと、自分がみじめに見えはじめたんです。あの事件は、そのどっちの方法でも、正しく歴史の中に、位置づけることはできない。日本にとっても、アメリカにとっても、きわめて重大な歴史的事実であることには間違いはないが、――そいつが、巨大な化物に見えたり、くだらない夢物語に思えたりするのは、なぜなんでしょうね」

「事件そのものが、そうだったのですわ」と、敦子はいった。「結局、わかったようでいて、かんじんのところが、わかっていなかったんです。でも、あたしたち、精いっぱいの努力をしました。今日は、高須さんに、お礼をいいに来たんですわ」

「僕たちは、益田君をふくめて、仲間だっただけです」

「でも、働いて下さったのは、あなたと益田さんですわ。あたしは、なんにもしませんでした」

「僕に、酒をのませてくれたでしょう」

守屋敦子の頰に微笑がのぼったが、すぐに消えたようであった。

「病気はしなかった？」

「ええ」

「少し、ふとったようだ」

「そうかしら」

「あいかわらず、きれいです」

「高須さん」と、敦子がいった。「今日きたのは、あなたにおききしたいことが一つと、お話したいことが一つあるんですの」

「どうぞ」

「阿波丸のことですけれど……」

「まだ、忘れていないんですか？」

「高須さんだって、忘れていらっしゃりはしないでしょう」

「それはそうだが、忘れようとこれから努力したい」

「一つだけ、どうしても、わからないんです。もちろん、全部がわからないんですけれど、なぜ、あんなに不可解な事件になったか、という原因は、やっぱり一つしかありませんわ。それが、どこにあったのか、もう一度、最初から順序を立てて考えてみたんです」

「あなたも、相当しつっこい人だ」

「すべての不可解な事実の原因は、一つしかなかったような気がします」

「敦子さん、じつを言うとね、僕も、それを考えた。そして、間違いがないと思われる結論を出したんです」

「聞かせていただきたいわ」

「なぜ、クイーン・フィッシュが、阿波丸を攻撃したか。ラフリン艦長は、いろんなことを言っているが、じつは、問題は一つしかない。阿波丸の航路の変更のことです」

「…………」

「ラフリン中佐は、あの日、あの時間に、阿波丸が、その地点にいたはずはない、と考えていた。なぜでしょう。四月一日、アメリカ軍は、沖縄上陸を開始した。その直前に、アメリカは、日本政府と、直接、阿波丸にたいして、航路の変更を打電した。もちろん、阿波丸を、危機海域から遠ざけるためです。その電信をうけた日本政府は、すぐ折り返し阿波丸に航路変更の指示をした。阿波丸は、アメリカ側と、日本政府の両方から、短い時間に、同じ命令をうけて、進路を西にとった。これは確かでしょう。阿波丸の沈没地点は、二説がある。後で発表された（B図）の方が、いろんな状況を総合して判断すれば、正しいと思う」

「それで？」

「つまり、こうです。アメリカも、日本も、航路変更のことを、阿波丸には打電したが、クイーン・フィッシュには知らせなかった」

「…………」

「やむをえない事情だったのか、必要ないと考えたのか、それはわからないが、もしかすると、その時間がなかったかも知れない。アメリカ側が、その時間に、クイーン・フィッシュが、ラフリン中佐の担当海域の、どこにいたか、知らなかっただろうし、当然、沖縄作戦によって、阿波丸の、変更された航路とは、はるかにはなれた東の海上を哨戒していたと想像したかも知れないと思う。ところが、クイーン・フィッシュは、意外に、阿波丸の近くにいた。敦子さん。噂のように、ラフリン中佐の刑罰が、意外に軽かったとすれば、そういう事実があったからではないのでしょうか」

「そういう結論を、お出しになりましたのね」

「そうです。間違っているかも知れない。しかし、なにか結論を出さなければ、僕たちは、あの事件を忘れることができないと思う」

「つじつまが、合いますわね」

「これは、僕の推定にすぎないが、この推定をくつがえす証拠は、もうどこにもないんです。問題は、あなたが、同意してくれるかどうか、ということだけなんだ。それで、終わりなんです。今度こそね」

「日本が戦争に負けたという事実で、阿波丸の事件は、だれも、ああいうふうにしか、解決することはできなかったとおっしゃるのね」

「そうです。つじつまを合わせることが、いいかどうか、僕にはわからないけれども……」

「わかりましたわ。多分、高須さんのおっしゃった通りなんです」

「残っている問題は、なぜ遺族会ができないか、ということだけだ」

「そうね」と敦子はうなずいた。「でも、それだけでしょうか？」

「何があるというんです？」

「はじめのころの、あたしたちの心にあったものは、どこへ行ったのでしょう」

「はじめのころ？」

「何のために、あたしたちは、あんなことをしましたの？　無駄な努力だということは、どこかでわかっていたはずなんです」

「敦子さんがいいたいのは、僕たちの心の中にたぎっていたいかりのことでしょう」

「多分」

「もう、何ものこってはいない。疲れただけです」

「あなたの口から、それを確かめたかったんです。あたしもそうです。でも、無駄だったとは思いたくないですわ」

「あなたの方から話したい、というのは、そのこと？」

「いいえ」

そのときの、悲しげな守屋敦子の表情を、高須は、ずいぶんながい間、忘れることができなかった。

「これを」と、敦子は、一通の封書を、高須の前においた。

「あたしが帰ってから、よんでいただきたいの。自分でいうべきだと思いましたけれど、言えないだろうと思って、書いてきました」

「敦子さん。僕には、この手紙の内容が、読まないでもわかるような気がする」

「………」

「僕がいま、中を読まないで、この手紙をやぶいてしまったら、どうしますか？」

敦子は、激しく首を横に振った
「さようなら、高須さん」と敦子はいった。高須は、守屋敦子が、部屋を出て行くまで、目を閉じていた。それから、封を切って、敦子の手紙を読んだ。


なぜ、こんな手紙を、あなたに宛てて書かなければならなかったか、あなたにはわかっていただけると思います。それほど、高須さんとあたくしは、ながい間そばにいたのです。そうして、やっぱり、そばにはいられない時が来てしまったようでございます。過去を、この心の中から消すためには、それしか方法がないのですわ。考えぬいて、そう決心いたしました。そうすることが正しいのだと思いながら、それが、あなたに報いる方法ではない、という気持が、今日まで、あたくしの決心をにぶらせておりました。わかっていただきたいのです。あたくしの考えは間違っているかも知れませんけれども、共同の過去を持ちながら、結ばれるということは、おそろしいことだと申し上げたら、あなたはわかって下さるでしょうか。もしかすると、過去を捨て去ったことについて後悔しなければならない時が来るかも知れませんけれども、耐えようと思います。どうか、おしあわせに、いつまでも。さようなら。

読む前からわかっていたのだが、読み終わって、高須は、自分の中で、なにかが音をたてて崩れてゆくのを見たような気がした。いったい、いつ、敦子の心を見失ったのだろうか。阿波丸の事件が、はじまり、終わったのではなく、守屋敦子との触れ合いが、あのときはじまり、いま、終わったのだという気がした。そして、高須は、この手紙は、男である自分の方から、書くべきであったかも知れない、と思った。

解説

真鍋元之

『生存者の沈黙』については、作者自身が解説を書いている。昭和四十一年四月に、この作品が初刊されたとき、巻末に付した『あとがき』が、それである。

すこし長いが、必要な箇所を抜萃してみる。

「僕が、この作品を書こう、あるいは書きたい、書かなければならないと考えたのは、幼い頃から仲のよかった従兄の保科正虎（作中人物としては守屋正彦）が、当時有望な青年外交官として阿波丸に乗っていたからであった。ふつうある〝事件〟を書く場合、〝事件〟が落着してから、それを調べ、過去を掘り出してゆくのが常道だが、僕には、最初から〝いかり〟があった。そのために実際の〝事件〟の発展を、その時点において追求し、記録する方法をとった。しかし〝事件〟そのものが、殆んど世間に秘匿されていたために、調査に手間どったのであった」

調査に手間どった理由として、作者は、(1)資料が常に不足であり、無数の疑問を伴っていたこと、⑵政府が〝事件〟の真相を、国民の目から隠そうとしていたこと、の二箇条をあげ、「しかし」とその後をつづけている。

「しかし僕は、執念深く調査を続けた。最大の難関は、作中下川勘次の名で登場する、阿波丸唯一の生存者である下田勘太郎氏の沈黙であった。作品の中で書いたように、下田氏は、最初のうち、全く、忘れた、忘れた、と言い続けた。僕は、その沈黙の理由を、アメリカ側の、何か、医学的な、人工的な、例えば特殊の注射による記憶喪失なのではないか、とさえ思った。僕は、彼が口をひらくのを待ちながら、出来る限りの方法で〝阿波丸〟に関する記憶を持っている人を探した。それも、なかなか思うようにははかどらなかった（中略）僕は、後にあげる方々の協力で、幾つかの〝事実〟を集め、それを構成して筋を通そうとしたが、〝事実〟と〝事実〟の間があいまいで、筋が通らない。おくそくでそれをつなげる性質の作品を書くべきではないと思っていたから、僕は、自分が納得するつながりが、推理と、記録と、そしてながい間に少しずつあらわれてきた小さな〝事実〟によって埋められるのを待ったのであった。

下田勘太郎氏が口をひらいて、ほぼ〝事件〟の全貌はわかったが、それでも、これが完全に〝事実〟であるとは、今でも断言することは出来ない。しかし残された疑問の部分は、今後も永久に解決されることはないとわかったので、僕は、最も〝事実〟に近いと思われる想像と推理で、疑問の部分をつないだ。だから、この作品が〝阿波丸事件〟の全貌を明らかにするという意味で読まれるならば、決して完全ではないのだが、仕方がなかった」

「僕は最初に〝いかり〟が存在したと書いた。しかし、僕はそれを、作中人物に託すべきだと考えたし、僕自身は冷静であり、アメリカに対して、特別ないきどおりを感じていたわけではないが、阿波丸に関するアメリカの態度が、妙にベトナム戦争や、朝鮮戦争におけるアメリカの態度と類似していることに気がついた。日本の外交についても、同じことが云えるかも知れない。政治に対して〝いかり〟を持つことは、常に必要だが、僕は今これを書きあげて、深い疲れの中で、安息をも感じている」

ながながと引用したが、この作品の主題と、執筆にあたっての作者の決意が、これらの文章のなかで、明確に語られている。したがって、解説者のわたしとしては、付け加えるべき何物をも持っていないようなものながら、なおあえて言えば、作品にはすべて主題と形式がある。

この作品でいえば、阿波丸遭難の真相解明が、主題であり、高須昌宏と守屋敦子のあいだのラブ・ロマンスが、形式であった。しかるに作者の文章は、この作品の主題を解説しているのみ、形式については何も語っていないので、この点につき若干の補足が、あるいは必要かもわからない。

昭和二十年四月三日に、新聞記者の高須と、外交官夫人（この時点で、すでに未亡人）の敦子が、門司港外の漁村で偶然に邂逅するところから、彼らのラブ・ロマンスははじまる。

彼らはふたりとも、阿波丸の消息を案じて、この日、その場所へ来ていて、その後も協力して、阿波丸事件の解明にあたるのだから、彼らの邂逅のなかに、作品の主題は早くもごきだしていたと言えるし、また同時にこの邂逅は、彼らのあいだのラブ・アフェアの発端でもあった。

東京へ帰った高須は、麻布市兵衛町の敦子の家へ訪ねてゆき、また敦子が、杉並の奥の高須の下宿へ訪ねてくる。もちろん訪ねるのも、訪ねられるのも、阿波丸事件についての情報を交換のためであったが、このふたりのあいだに、愛情らしいものが芽をふきはじめるのは、一方が独身の青年、一方が妙齢の未亡人であってみれば、きわめて当然といえたかもわからない。

はじめに高須が、敦子の家を訪ねたときの会話に、

「僕が今日、あなたを訪ねたのは、はっきり言いましょう。門司で見た出迎えの人の中で、あなたは、いちばん若くて、美人だったからです」

と言ったとき、彼らのあいだのラブ・アフェアは、すでにその第一歩をふみ出していたのである。

やがて敦子は、空襲下の不便な下宿で、自炊生活をつづける高須のために、焼けのこった彼女の家での同居を、提案する。

「高須さん、失礼なんですけど、もしよろしかったら、ここへ越していらっしゃいませんか？　三間ありますもの。一部屋提供します」

かくて、彼と彼女の同居生活がはじまったとき、彼らの愛情の歴史は、進展の一ページを確実に描いたと、見るべきであろう。

まもなく敦子に風邪を引かせるのが、平凡なようでいて、じつは非凡なこの作者の小説作法である。たがいに接近しつつある男と女の心理が、病気の看護により、一段の飛躍をとげるのは、現実の場合にも、しばしば見かけられるケースなのであった。

戦争はおわったが、阿波丸事件の真相については、依然として確証が得られないころのある日、ついに高須はいう。「僕は、敦子さんを、愛している」

岩間をくぐって、ささやかに流れつづけてきた二つの渓流が、ついに相合して、飛沫を飛ばせた形である。

結局のところ、彼らの愛情は、実を結ぶことなく終わるのだが、しかし門司での邂逅以来、破局にいたるまでの発展過程は、愛情の歴史として、典型的なまでに正確な段階を、順次、積み重ねてきている。

阿波丸事件の真相追求という重い主題を、十分に荷いうるまでに、正確な軌跡を、それに描きだしていた。ことばをかえていえば、主題と形式が、みごとな調和を保っていて、作品としてのそこが、本篇の長所なのである。

男女の愛情を描く場合の、この作者のすぐれた伎倆は、すでに定評のあるところだったが、すぐれたその伎倆が、内容の重い社会ドキュメントを書く場合にも、遺憾なく発揮されているところに、読者の注日をうながしておきたく思う。

余談だが、作中でも要望されている阿波丸犠牲者の遺族会は、この作品が刊行される以前の、昭和四十年に結成されていたことが、やはり『あとがき』のなかに、付記されている。

＊本書は、現代送り仮名、現代仮名づかいにより表記
有馬頼義 兵隊小説伝記選・第三巻 昭和五十八年十一月刊

ＮＦ文庫

生存者の沈黙
二〇一七年十二月二十四日　発行
著　者　有馬頼義
発行者　皆川豪志
発行所　株式会社　潮書房光人新社
〒100-8077　東京都千代田区大手町一-七-二
電話／〇三-六二八一-九八九一(代)
印刷・製本　モリモト印刷株式会社
定価はカバーに表示してあります
乱丁・落丁のものはお取りかえ致します。本文は中性紙を使用
ISBN978-4-7698-3042-9　C0195
http://www.kojinsha.co.jp

NF文庫

刊行のことば

第二次世界大戦の戦火が熄《や》んで五〇年——その間、小社は夥しい数の戦争の記録を渉猟し、発掘し、常に公正なる立場を貫いて書誌とし、大方の絶讃を博して今日に及ぶが、その源は、散華された世代への熱き思い入れであり、同時に、その記録を誌して平和の礎とし、後世に伝えんとするにある。

小社の出版物は、戦記、伝記、文学、エッセイ、写真集、その他、すでに一、〇〇〇点を越え、加えて戦後五〇年になんなんとするを契機として、「光人社NF(ノンフィクション)文庫」を創刊して、読者諸賢の熱烈要望におこたえする次第である。人生のバイブルとして、心弱きときの活性の糧《かて》として、散華の世代からの感動の肉声に、あなたもぜひ、耳を傾けて下さい。

＊潮書房光人新社が贈る勇気と感動を伝える人生のバイブル＊

ＮＦ文庫

「敵空母見ユ！」　空母瑞鶴戦史［南方攻略篇］
森　史朗

史上初の日米空母対決！　航空撃滅戦の全容を日米双方の視点から立体的にとらえた迫真のノンフィクション。大航空戦の実相。

特攻基地の少年兵　海軍通信兵15歳の戦争
千坂精一

母と弟を守らんと海軍に志願した少年——小さな身体で苛烈な訓練と制裁に耐え、あこがれの航空隊で知った軍隊と戦争の真実。

海兵四号生徒　江田島に捧げた青春
豊田　穣

海軍兵学校に拠り所をもとめ、時の奔流に身を投じ、思い悩む若者たちを描く。直木賞作家が自らを投影した感動の自伝的小説。

現代史の目撃者　動乱を駆ける記者群像
上原光晴

頻発する大事件に果敢に挑んだ名記者たち——その命がけの真実追究の活動の一断面、熱き闘いの軌跡を伝える昭和の記者外伝。

われは銃火にまだ死なず　ソ満国境・磨刀石に散った学徒兵たち
南　雅也

満州に侵攻したソ連大機甲軍団にほとんど徒手空拳で立ち向かった、石頭予備士官学校幹部候補生隊九二〇余名の壮絶なる戦い。

写真　太平洋戦争　全10巻　〈全巻完結〉
「丸」編集部編

日米の戦闘を綴る激動の写真昭和史——雑誌「丸」が四十数年にわたって収集した極秘フィルムで構築した太平洋戦争の全記録。